藝　文　叢　刊

東坡題跋

〔宋〕蘇　軾

浙江人民美術出版社

圖書在版編目(CIP)數據

東坡題跋/(宋)蘇軾撰;白石點校. --杭州:浙江人民美術出版社,2016.1(2025.4重印)
(藝文叢刊)
ISBN 978-7-5340-4701-5

Ⅰ.①東… Ⅱ.①蘇…②白… Ⅲ.①題跋—作品集—中國—北宋 Ⅳ.①I264.41

中國版本圖書館CIP數據核字(2015)第307803號

東坡題跋

〔宋〕蘇　軾 撰　白　石 點校

責任編輯:雍　琦
文字編輯:張金輝
整體設計:傅笛揚
責任印製:陳柏榮

出版發行　浙江人民美術出版社
(杭州市環城北路177號)
經　　銷　全國各地新華書店
製　　版　浙江時代出版服務有限公司
印　　刷　浙江海虹彩色印務有限公司
版　　次　2016年1月第1版
印　　次　2025年4月第19次印刷
開　　本　787mm×1092mm　1/32
印　　張　9.125
字　　數　142千字
書　　號　ISBN 978-7-5340-4701-5
定　　價　30.00圓

點校説明

《東坡題跋》六卷，北宋蘇軾撰，明毛晋編訂。

蘇軾（一〇三七—一一〇一），字子瞻，又字和仲，號東坡居士，北宋眉州眉山（今四川省眉山市）人。蘇軾是宋代文學最高成就的代表，在詩、詞、散文、書畫等方面取得了很高的成就。其詩題材廣闊，清新豪健，與黄庭堅并稱「蘇黄」。詞開豪放一派，與辛棄疾同是豪放派代表，并稱「蘇辛」。其散文著述宏富，豪放自如，與歐陽修并稱「歐蘇」，爲「唐宋八大家」之一。蘇軾亦善書法，爲「宋四家」之一。

「題跋」原指寫在書籍、字畫、碑帖等前後的文字，段玉裁《説文解字注》謂「題者，標其前，跋者，繫其後也」，内容多涉及品評、鑒賞、考訂以及記事和議論。宋代以後，「題跋」逐漸發展成一種獨具特色的文體。正如姚華在《論文後編》中所説：「自宋而後，題跋且成專著，蘇、黄、海岳、晦翁諸家書，猶有存者，其用之宏，視序有加，議論説辨，亦嘗行乎其中，是又變而溢焉矣。」《東坡題跋》内容豐富，輯録蘇氏題字，但「非雷非霆，而千載震驚」，是蘇軾藝術見解的生動體現。

毛晉（一五九九—一六五九），原名鳳苞，字子久，後改字子晉，號潛在，别號汲古主人，江蘇常熟人。毛氏畢生經營校勘刻書事業，刊刻書籍極多，範圍廣泛，凡舉唐宋别集、百家九流、道藏詞曲、傳記小説，廣爲鏤版，時有「毛氏之書走天下」之説。

毛晉輯刊的《津逮秘書》，是一部很有特色的叢書，收録了許多罕見而又有實用價值的筆記雜録，尤以宋人之筆記爲多。毛氏一反明代編輯叢書删節割裂之陋習，收書多爲首尾完備的足本，注重選擇善本，精心校勘。本次整理出版的《東坡題跋》，即以《津逮秘書》本爲底本。

目録

東坡題跋卷之一

東坡題跋卷之二

東坡題跋卷之三

東坡題跋卷之四

東坡題跋卷之五

東坡題跋卷之六

附録

東坡題跋卷之一

宋 眉山蘇軾 撰
明 虞山毛晋 訂

書孟德傳後

子由書孟德事見寄，予既聞而異之，以爲虎畏不懼己者，其理似可信。然世未有見虎而不懼者，則斯言之有無終無所試之。然曩余聞忠萬雲安多虎，有婦人晝日置二小兒沙上，自浣衣於水者，虎自山上馳來，婦人倉皇沉水避之，二小兒戲沙上自若，虎熟視久之，至以首觝觸，庶幾其一懼，而兒癡竟不知怪，虎亦卒去。意虎之食人，先被之以威，而不懼之人，威無所從施歟？有言虎不食醉人，必坐守之以俟其醒，俟其懼也。有人夜自外歸，見有物蹲其門，以爲猪狗類也，以杖擊之，即逸去至山下月明處，則虎也。是人非有以勝虎，而氣已蓋之矣。使人之不懼皆如嬰兒、醉人與其末及知之時，則虎畏之，無足怪者。故書其末，以信子由之說。

書鮑靜傳

鮑靜字太玄，東海人，五歲語父母云，本曲陽李氏子，九歲墮井死，父母以其言訪之，皆驗。靜學兼内外，明天文、河洛書，爲南海太守行部。入海遇風，飢甚，煮白石食之。靜嘗見仙人陰君，受道訣，百餘歲卒。陰真君名長生，予嘗游忠州酆都觀，則陰君與王方平上昇處也。古松柏數千株，皆百圍，松脂如酥乳，不煩煮鍊，正爾食之，滑甘不可言。二真君皆畫像觀中，極古雅，有西晉時殿宇尚存也。戊寅九月十一日夜坐書。

書單道開傳後

葛稚川與單道開皆西晉人，而没于東晉，又皆隱於羅浮，使稚川見道開，必有述焉。而《抱朴内篇》皆不及道開，豈稚川化時道開尚未至羅浮也。稚川乞岣嶁令游南海，遂入羅浮。按本傳，在升平三年以後。相去蓋三十餘年，必稚川先化也。紹聖元年九月始予至羅浮，問山中人，則道開無復遺迹矣，亦不知石室所在。獨書此傳，遺冲虛觀道士鄧守安，以備山中逸事。

書陶淡傳

《晋史·隱逸傳》：「陶淡字處静，太尉侃之孫也，父夏以無行被廢。淡幼孤好導養之術，謂仙道可祈。年五十六便服食絶穀，不娶，家累千金，僮客百數，淡了不營問。好讀《易》，善卜筮，於長沙臨湖山中結廬居之，養一白鹿以自隨。人有候之者，輒移渡澗水，莫得近。州舉秀才，淡遂逃羅縣埤山中，不知所終。」陶士行諸子皆凶暴，不獨夏也，而諸孫中乃有淡，曾孫中乃有潛。潛集中乃有仲德、敬通之流，皆隱約有行義，又皆貧困，何也？淡高逸如此，近類得道，與潛近親，而潛無一言及之，此又未喻也。戊寅九月七日，閲《晋史》偶録之，以俟知者。儋州城南記。

書淵明孟府君傳後

陶淵明，孟嘉外孫，作《嘉傳》，云：「或問聽絲不如竹，竹不如肉，何也？」曰：「漸近自然。」而今《晋書》乃云「漸近使之然」，則是閭里少年鄙語。雖至細事，然足以見許敬宗等爲人。

書南史盧度傳

余少不喜殺生，然未能斷也，近來始能不殺猪羊，然性嗜蝌蛤，故不免殺。自去年得罪下獄，始意不免，既而得脱，遂自此不復殺一物。有見餉蝌蛤者，皆放之江中，雖知蛤在江水無活理，然猶庶幾萬一，便使不活，亦愈於煎烹也。非有所求覬，但以親經患難，不異雞鴨之在庖廚，不忍復以口腹之，故使有生之類受無量怖苦爾。猶恨未能忘味，食自死物也。《南史·隱逸傳》：「始興人盧度，字彦章，有道術。少隨張永北侵魏，永敗，魏人追急，淮水不得過，自誓若得免死，從今不復殺生。須臾見兩楯流水，接之得過。後隱居廬陵西昌三顧山，鳥獸隨之，夜有鹿觸其壁，度曰汝壞我壁，鹿應聲去。屋前有池養魚，皆名呼之，次第取食。逆知死年月，竟以壽終。」偶讀此書，與余事粗相類，故并録之。

書六一居士後傳

蘇子曰，居士可謂有道者也。或曰，居士非有道者也。有道者無所挾而安，居士之於五物，捐世俗之所爭，而拾其所棄者也，烏得爲有道乎？蘇子曰，不然。挾五物而後安者，惑也；釋五物而後安者，又惑也。且物未始能累人也，軒裳圭組且不能爲累，而况此五物乎。物之所以能累人者，以吾有之也。吾與物俱不得已，而受形於天地之間，其孰能有之。而或者以爲己有，得之則喜，喪之則悲。今居士自謂六一，是其身均與五物爲一也，不知其有物耶。物有之也，居士與物均爲不能有，其孰能置得喪於其間。故曰，居士可謂有道者也。雖然，自一觀五，居士猶可見也，與五爲六，居士不可見也。居士殆將隱矣。

書東皋子傳後

余飲酒終日，不過五合，天下之不能飲，無在予下者。然喜人飲酒，見客舉盃徐引，則于胸中爲之浩浩焉、落落焉，酣適之味，乃過於客。閒居未嘗一日無客，客至未嘗不置酒。天下之好飲，亦無在予上者。常以謂人之至樂，莫若身無病而心無憂，我則無是二者矣。然人之有是者，接于予前，則予安得全其樂乎。故所至當蓄善藥，有求者則與之，而尤喜釀酒以飲客。或曰，予無病而多蓄藥，不飲而多釀酒，勞己以爲人，何也。予笑曰，病者得藥，吾爲之體輕，飲者困於酒，吾爲之酣適，蓋專以自爲也。東皋子待詔門下省，日給酒三升，其弟靜問曰，待詔樂乎。曰，待詔何所樂？但美醖三升，殊可戀耳。今嶺南法不禁酒，予既得自釀，月用米一斛，得酒六斗。而南雄、廣、惠、循、梅五太守，間復以酒遺予，略計其所獲，殆過於東皋子矣。然東皋子自謂五斗先生，則日給三升，救口不暇，安能及客乎。若予者，乃日有二升五合，入野人、道士腹中矣。東皋子與仲長子光游，好養性服食，預刻死日，自爲墓誌。予蓋友其人於千載，則庶幾焉。

書黃魯直李氏傳後

無所厭離，何從出世。無所欣慕，何從入道。欣慕之至，亡子見父。厭離之極，燖雞出湯。不極不至，心地不淨。如飯中沙，與飯皆熟。若不含糊，與飯俱嚥。即須吐出，與沙俱棄。善哉佛子，作清淨飲。淘米去沙，終不能盡。不如即用，本所自種。元無沙米，此米無沙，亦不受沙。非不受也，無受處故。

書劉昌事 昌事見杜牧《宋州寧陵縣記》。

今日過寧陵，聞縣令言，前令晏曇立劉昌廟。昌事跡見《杜牧集》，甚壯偉。宋子京獨不信，以爲無有。子京信李蘩記其父泌，崔胤記其父慎由事，皆以僞爲真，獨不信杜牧記昌事，可笑也。李蘩作家傳，記其父居鬼谷，并與仙接。子京亦曰，蘩所記浮侈不可信，姑摭其實者如上。崔胤記其父晚無子，遇浮屠生胤，乃名繼。

書狄武襄事

狄武襄公者，本農家子，年十六時，其兄素與里人失其姓名號鐵羅漢者，鬬於水濱，至溺杀之。保伍方縛素，公適餉田，見之曰，殺羅漢者我也，人皆釋素而縛公。公曰，我不逃死，然待我救羅漢，庶幾復活，若決死者，縛我未晚也。衆從之。以默祝曰，我若貴，羅漢當蘇。乃舉其尸，出水數斗而活。其後人無知者。公薨，其子諮詠護喪，歸葬西河，父老爲言此。元祐元年十二月五日，與詠同館北客，夜話及之。眉山蘇軾記。

書劉庭式事

予昔爲密州，殿中丞劉庭式爲通判。庭式，齊人也。而子由爲齊州掌書記，得其鄉閭之言以告予曰，庭式通禮學究。未及第時，議娶其鄉人之女，既約而未納幣也。

庭式及第，其女以疾，兩目皆盲。女家躬耕，貧甚，不敢復言。或勸納其幼女，庭式笑曰，吾心已許之矣，雖盲豈負吾初心哉。卒娶盲女，與之偕老。盲女死於密，庭式喪之，逾年而哀不衰，不肯復娶。予偶問之，哀生於愛，愛生於色，子娶盲女，與之偕老，義也，愛從何生，哀從何出乎？庭式曰，吾知喪吾妻而已，有目亦吾妻也，無目亦吾妻也。吾若緣色而生愛，緣愛而生哀，色衰愛弛，吾哀亦忘，則凡揚袂倚市、目挑而心招者，皆可以爲妻也耶？予深感其言，曰「子功名富貴人也」。或笑予言之過，予曰不然。昔羊叔子娶夏侯霸女，霸叛入蜀，親友皆告絶，而叔子獨安其室，恩禮有加焉，君子是以知叔子之貴也，其後卒爲晋元臣。今庭式亦庶幾焉。若不貴，必且得道，時坐客皆憮然不信也。昨日有人自廬山來，云庭式今在山中監太平觀，面目奕奕有紫光，步上下峻坂，往復六十里如飛，絶粒不食已數年矣。此豈無得而然哉。聞之喜甚，自以吾言之不妄也，乃書以寄密人趙杲卿。杲卿與庭式善，且皆嘗聞余言者。庭式字得之，今爲朝請郎。杲卿字明叔，鄉貢進士，亦有行義。元豐六年七月十五日，東坡居士書。

書外曾祖程公逸事

公諱仁霸，眉山人，以仁厚信於鄉里。蜀平，中朝士大夫憚遠宦，官闕，選士人有行義者攝，公攝録參軍。眉山尉有得盜蘆菔根者，實竊，而所持刃誤中主人，尉幸賞以劫聞。獄掾受賕，掠成之。太守將慮囚，囚坐廡下泣涕，衣盡濕。公適過之，知其寃，咋謂盜曰，汝寃盍自言，吾爲汝直之。盜果稱寃，移獄。公既直其事，而尉、掾爭不已，復移獄，竟殺盜。公坐逸囚，罷歸。不及月，尉、掾皆暴卒。後三十餘年，公晝日見盜拜庭下曰，尉、掾未伏，待公而決，前此地府欲召公暫對，我叩頭爭之，曰不可以我故驚公，是以至今。公壽盡今日，我爲公荷擔而往暫對，即生人天，子孫壽禄，朱紫滿門矣。公具以語家人，沐浴衣冠，就寢而卒。軾幼時聞此語，已而外祖父壽九十，舅氏始貴顯，壽八十五，曾孫皆仕有聲，同時爲監司者三人，玄孫宦學益盛。而尉、掾之子孫微矣。或謂盜德公之深，不忍煩公暫對，可也。而獄久不決，豈主者亦因以苦尉、掾也歟。紹聖二年三月九日，軾在惠州讀陶潛所作外祖《孟嘉傳》，云凱風寒泉之思，實鍾厥心。意悽然悲之，乃記公之逸事以遺程氏，庶幾淵明之心也。

書南華長老重辯師逸事

契嵩禪師常瞋，人未嘗見其笑。海月慧辯師常喜，人未嘗見其怒。予在錢塘，親見二人皆趺坐而化。嵩既荼毗，火不能壞，益薪熾火，有終不壞者五。海月比葬，面如生，且微笑。乃知二人以瞋喜作佛事也。世人視身如金玉，不旋踵爲糞土，至人反是。予以是知一切法以愛故壞，以捨故常在，豈不然哉。予遷嶺南，始識南華重辯長老。語終日，知其有道也。予自海南還，則辯已寂久矣。過南華，弔其衆，問塔墓所在。衆曰，我師昔作壽塔南華之東數里，有不悦師者，葬之别墓，既七百餘日矣。今長老明公獨奮不顧，發而歸之壽塔，改棺易衣，舉體如生，衣皆鮮芳，衆乃大服。東坡居士曰，辯視身爲何物，棄之尸陀林以飼烏，烏何有安以壽塔爲。明公知辯者，特欲以化服同異而已。乃以茗果奠其塔，而書其事以遺其上足南華塔主可興師。時元符三年十二月十九日。

記孫卿韻語

孫卿子有韻語者，其言鄙近，多云「成相」，莫曉其義。《前漢·藝文志》詩賦類中有《成相雜詞》十一篇，則「成相」者蓋古謳謡之名乎？疑所謂「鄰有喪，舂不相」者。又《樂記》云「治亂以相輔也」，亦恐由此得名，當更細考之。

記徐陵語

徐陵多忘，每不識人，人以此咎之。曰：「公自難記，若曹、劉、沈、謝輩，闇中模索，亦合認得。」誠哉是言。

記歐陽公論文

頃歲孫莘老識歐陽文忠公，嘗乘間以文字問之。云無它術，唯勤讀書而多爲之自工。世人患作文字少，又嬾讀書，每一篇出即求過人，如此少有至者。疵病不必待人指擿，多作自能見之。此公以其嘗試者告人，故尤有味。

記歐陽論退之文

韓退之喜大顛，如喜澄觀、文暢之意，了非信佛法也。世乃妄撰與顛書，其詞凡陋，退之家奴僕亦無此語。有一士人於其末妄題云「歐陽永叔謂此文非退之莫能」，此又誣永叔也。永叔作《醉翁亭記》，其辭玩易，蓋戲云耳，又不以爲奇特也。而妄庸者亦作永叔語，云「平生爲此最得意」，又云「吾不能爲退之《畫記》，近似甲名帳耳，了無可觀」。世人識真者少，可歎亦可愍也。

跋嵇叔夜養生論後

東坡居士以桑榆之末景、憂患之餘生，而後學道，雖爲達者所笑，然猶賢乎己也。以嵇叔夜《養生論》頗中余病，故手寫數本，其一贈羅浮鄧道師。

書淵明述史章後

淵明作《述史九章》、《夷齊》、《箕子》，蓋有感而云。去之五百餘載，吾猶知其意也。

書晁无咎所作杜輿子師字説後

《易》曰：「君子得輿，民所載也，小人剥廬，終不可用也。」夫君子得輿，下完而上未具也。小人剥廬，上壯而下撓也。下完而上未具，吾安寢其中，民將載之上。壯而下撓，疾走不顧，猶懼壓焉。今君學修於身，行修於家，而禄未及，既完其下矣，故予以是名字之，與无咎意初無異者。而其文約，其義近，不足以發夫人之志，若无咎者，可謂富於言、妙於理者也。

跋退之送李愿序

歐陽文忠公嘗謂晋無文章，惟陶淵明《歸去來》一篇而已。余亦以謂唐無文章，惟韓退之《送李愿歸盤谷》一篇而已。平生願効此作一篇，每執筆輒罷。因自笑曰：「不若且放，教退之獨步。」

書鮮于子駿楚詞後

鮮于子駿作《楚詞九誦》以示軾，軾讀之茫然而思，喟然而歎曰：「嗟乎，此聲之不作也久矣。雖欲作之，而聽者誰乎。」譬之於樂，變亂之極而至於今，凡世俗之所用皆夷聲夷器也，求所謂鄭、衛者且不可得，而況於雅音乎。學者方欲陳六代之物，弦匏三百五篇，黎然如戛釜竈，撞甕盎，未有不坐睡竊笑者也。好之而欲學者無其師，知之而欲傳者無其徒，可不悲哉。今子駿獨行吟坐思，寤寐於千載之上，追古屈原、宋玉及其人於冥寞，續微學之將墜，可謂至矣。而覽者不知其貴，蓋亦無足怪者。彼必嘗從事於此，而後知其難且工。其不學者，以爲苟然而已。元豐元年四月九日，趙郡蘇軾書。

書子由君子泉銘後 孟君名震，鄆人，及進士第，爲承議郎。

子由既爲此文，余欲刻之泉上，孟君不可，曰：「名者物之累也。」乃書以遺之。元豐六年十一月九日題。

書柳子厚牛賦後

嶺外俗皆恬殺牛，而海南爲甚。客自高化載牛渡海，百尾一舟，遇風不順，渴饑相倚以死者無數。牛登舟皆哀鳴出涕。既至海南，耕者與屠者常相半。病不飲藥，但殺牛以禱，富者至殺十數牛。死者不復云，幸而不死，即歸德於巫，以巫爲醫，以牛爲藥。間有飲藥者，巫輒云神怒病不可復治。親戚皆爲却藥，禁醫不得入門，人牛皆死而後已。地産沉水香，香必以牛易之黎。黎人得牛，皆以祭鬼，無脱者。中國人以沉水香供佛，燎帝求福，此皆燒牛肉也，何福之能得？哀哉！予莫能救，故書柳子厚《牛賦》以遺瓊州僧道贇，使以曉喻其鄉人之有知者，庶幾其少衰乎。

跋赤溪山主頌

達與不達者語，譬如與無舌人説味。問蜜何如，可云蜜甜。問甜何如，甜不可説。我説蜜甜，而無舌人終身不曉。爲其不可曉，以爲達者語應皆如是。問東説西，指空面地，如心疾，如睡語，聽者恥不知，從而和之，更相欺謾。昔張魯以五斗米治病，戒病者相語不得云未差也，若云爾者，終身不差也。故當時以張魯爲神，其事類此。然亦不得以此等故，疑其真。余得赤溪山主頌十一篇於其子昶，問其事於樂全先生張安道，知其爲達者無疑，爲書其末。熙寧九年正月望日。

書子由超然臺賦後

子由之文，詞理精確，有不及吾，而體氣高妙，吾所不及。雖各欲以此自勉，而天資所短，終莫能脱。至於此文，則精確高妙，殆兩得之，尤爲可貴也。

書李邦直超然臺賦後

世之所樂，吾亦樂之，子由其獨能免乎？以爲徹絃而聽鳴琴，却酒而御芳茶，猶未離乎聲味也。是故即世之所樂而得超然，此古之達者所難。吾與子由其敢謂能爾矣乎？邦直之言可謂善自持者矣。故刻於石以自儆云。

書文與可超然臺賦後

余友文與可，非今世之人也，古之人也。其文非今之文也，古之文也。其爲《超然》辭，意思蕭散，不復與外物相關。其《遠游》、《大人》之流乎？熙寧九年四月六日。

跋王氏華嚴經解

予過濟南龍山鎮，監税宋寶國出王氏《華嚴經解》相示，曰：「公之於道，可謂至矣。」予聞寶國《華嚴》有八十卷，今獨解其一，何也？寶國曰：「王氏謂我此佛語深妙，其餘皆菩薩語爾。」予曰：「予於藏經取佛語數句，置菩薩語中，復取菩薩語置佛語中，子能識其是非乎？」曰：「不能也。」非獨予不能，王氏亦不能。予昔在坡下，聞汧陽猪肉至美，遣人置之，使者醉，猪夜逸，置他猪以償。吾不知也，而與客皆大詫，以爲非他産所及。已而事敗，客皆大慚。今王氏之豬未敗爾。昔者買肉、娼女歌，或因以悟。若一念清淨，牆壁瓦礫皆説無上法，而云佛語深妙，菩薩不及，豈非夢中語乎。寶國曰「唯唯」。

跋荆溪外集

玄學、義學一也。世有達者，義學皆玄，如其不達，玄學皆義。近世學者以玄相高，習其徑庭，了其度數，問答紛然，應諧無窮，至於生死之際、一大事因緣，鮮有不敗績者。孔子曰：「有鄙夫問於我，空空如也。我叩其兩端而竭焉。」世無孔子，莫或叩之，故使鄙夫得挾其空空以欺世取名，此可笑也。荆溪居士作《傳燈傳》若干篇，扶獎義學，以救玄之弊。譬如牧羊然，視其後者而鞭之，無常羊也。顔淵死，弟子無可與微言者。性與天道，自子貢不得聞。惟曾子信道，篤學不仕，從孔子最久，師弟子答問，未嘗不唯者。而曾子之唯獨記於《論語》，吾是以知孔子之妙，傳於一唯。枘鑿相應，間不容髮，一唯之外，口耳皆喪。而門人區區方欲問其所謂，此乃繫風捕影之流，不足以實告者。悲夫。

書子由黄樓賦後

子城之東門當水之衝，府庫在焉。而地狹不可以爲甕城，乃大築其門，護以磚石。府有廢廳事，俗傳項籍所作，而非也。惡其淫名無實，毀之，取其材爲黃樓東門之上。元豐元年八月癸丑，樓成，九月庚辰，大合樂以落之。始余欲爲之記，而子由之賦已盡其略矣。乃刻諸石。

書珠子法後

李公擇見傳如此，云得之於一武官，緣感恩而傳，必不妄。公擇與軾，亦嘗試之。

書拉雜變

司馬長卿作《大人賦》，武帝覽之，飄飄然有凌雲之氣。近時學者作拉雜變，便自謂長卿。長卿固不汝嗔，但恐覽者渴睡落床，難以凌雲耳。

書温公誌文異壙之語

《詩》云：「穀則異室，死則同穴。」古今之葬皆爲一室。獨蜀人爲一墳而異藏，其間爲通道，高不及肩，廣不容人。生者之室，爲之壽堂，以偶人被甲執戈，謂之壽神以守之，而以石甕塞其通道。既死而葬，則去之。軾先夫人之葬也，先君爲壽室，其後先君之葬，歐陽公誌其墓，而司馬君實追爲先夫人墓誌。故其文曰：「蜀人之祔也,同壟而異壙。」君實性謙,以爲己之文不敢與歐陽公之文同藏也。東漢壽張侯樊恭,遺令棺柩一藏,不宜復見,如有腐敗,傷子孫之心。使與夫人同墳異藏,光武善之,以書示百官。蓋古有是也。然不爲通道,又非詩人「同穴」之義。故蜀人之葬最爲得禮也。

跋張希甫墓誌後

余爲徐州,始識張希甫父子。元年之冬,李夫人病没。徐人多言其賢,至於死生之際,無所留難。而天驥出其手書數十紙,記浮屠、道家語,筆迹雅健,不類婦人,而所書皆有條理。是時希甫年七十,辟穀道引,飲水百餘日,甚睿而不衰,目瞳子烱然。余知其無苦,而不忍天驥之憂懼,乃守而告之。人生如寄,何至自苦如是,願以時飲酒食粱肉,慰子孫之意。希甫强爲予食,然無復在世意。後二年,余謫居黄州,聞希甫没。既葬,天驥以其墓銘示余,余知其夫婦皆超然世外矣。

書四戒

出輿入輦,命曰蹷痿之機;洞房清宫,命曰寒熱之媒;皓齒蛾眉,命曰伐性之斧。甘脆肥濃，命曰腐腸之藥。此三十二字，吾當書之門窗、几席、縉紳、盤盂，使坐起見之，寢食念之。元豐三年十一月雪堂書。

書所獲鏡銘

元豐四年正月，余自齊安往岐亭，泛舟而還。過古黄州，獲一鏡，周尺有二寸，其背銘云：「漢有善銅出白陽，取爲鏡，清如明。左龍右虎俌之。」其字如菽大，雜篆隸，甚精妙。白陽，疑南陽白水之陽也。其銅黑色如漆，其背如刻玉，其明照人微小。舊聞古鏡皆然，此道家聚形之法也。

跋司馬温公布衾銘後

士之得道者，視死生禍福如寒暑晝夜，不知所擇，而況膏粱脱粟、文繡布褐之間哉？如是者，天地不能使之壽夭，人主不能使之貴賤。不得道而能若是乎？吾其敢以恭儉名之。仲尼以簞瓢得之顔子，余於温公亦云。

跋子由棲賢堂記後

子由作《棲賢堂記》，讀之便如在堂中，見水石陰森、草木膠葛。僕當爲書之刻石堂上，且欲與廬山結緣。他日入山，不爲生客也。

題伯父謝啟後

天聖中，伯父中都公始舉進士於眉，年二十有三。時進士法寬，未有糊名也。試日通判殿中丞蔣希魯下堂觀進士程文，見公所賦，歎其精妙絶倫，曰：「第一人無以易子。」公力自言年少學淺，有父兄在，決不敢當此選。希魯大賢之，曰：「君子成人之美。」乃以爲第三，明年登乙科。此則其親書啟事謝希魯者也。公殁後十三年，得之宜興人單君錫家，蓋希魯宜興人也。又八年，乃躬自裝縹，而歸公之第二子子明兄，使寶之以無忘公之盛德云。元豐五年七月十三日，第六姪責授黄州團練副使軾謹誌。

跋柳閎楞嚴經後

衆生當以是時度，佛菩薩則現是身。身無實相，然必現是，意其所入者易也。《楞嚴》者，房融筆受，其文雅麗，於書生學佛者爲宜。吾甥柳闢孝弟夙成，自童子能爲文，不幸短命，其兄閎爲手寫此經。閎既已識佛意，則闢亦當冥受其賜矣。

跋張益孺清淨經後

佛言作止任滅，是謂四病。我言作止任滅，是謂四法門。無盡居士若見法門，應無是語。

題僧語録後

佛法浸遠，真僞相半，寓言指物，大率相似，考其行事，觀其臨禍福死生之際，不容僞矣。而或者得戒神通，非我肉眼所能勘驗，然真僞之候，見於言語。吾雖非夔曠，聞絃賞音，粗知雅曲。子由欲吾書其文，爲題其末。

書濟衆方後

先朝值夷狄懷服，兵革寢息，而又體質恭儉，在位四十有二年，宫室苑囿無所益，故民無暴賦而生齒歲登，墾田日廣。至於法令，則去苛慘，尚寬簡。守令則進柔良，退貪殘。牛酒以禮高年，粟帛以旌孝行，廣惠以廪惸獨，寬恤以省力役。除身丁之算，施鹽榷之令，用能導迎休祥，年穀登衍，其裕民之德，固已浹肌膚而淪骨髓矣。然猶慊然憂下民之疾疹，無良劑以全濟，於是詔太醫，集名方曰《簡要濟衆》，凡五卷三册，鏤版模印，以賜郡縣，俾人得傳録，用廣拯療，意欲錫以康寧之福，躋之仁壽之域。已而縣與律令同藏，殆逾一紀，窮遠之民，莫或聞知，聖澤壅而不宣，吏之罪也。乃書以方版，揭之通會，不獨流傳民間，痊痾愈疾，亦欲使人知上恩也。後之君子，儻不以爲誚，歲一撿舉之，使無遺毁焉。

書黄道輔品茶要録後

物有畛而理無方，窮天下之辯不足以盡一物之理。達者寓物以發其辯，則一物之變可以盡南山之竹。學者觀物之極，而游於物之表，則何求而不得？故輪扁行年七十而老於斲輪，庖丁自技而進乎道，由此其選也。黄君道輔諱儒，建安人，博學能文，淡然精深有道之士也。作《品茶要録》十篇，委曲微妙，皆陸鴻漸以來論茶者所未及，非至静無求、虚中不留，烏能察物之情如此其詳哉？昔張機有精理而韻不能高，故卒爲名醫。今道輔無所發其辯，而寓之於茶，爲世外淡泊之好，此以高韻輔精理者。予悲其不幸早亡，獨此書傳于世，故發其篇末云。

書呪語贈王君

王君善書符，行天心正一法，爲里人療疾驅邪。僕嘗傳呪法，當以傳王君。其辭曰：「汝是已死我，我是未死汝。汝若不吾祟，吾亦不汝苦。」

書李志中文後

元豐七年，軾舟行赴汝海，自富川陸走高安別家弟子由。五月九日過新吴，見縣令李君志中，同謁劉真君祠，酌丹井飲之。明日夏至，游寶雲寺此君亭，觀李君之文，求其本而去。眉陽蘇軾書。

跋鄧慎思石刻

軾在黄州，見鄧慎思學士扶護先太夫人喪歸葬長沙，飲食起居、哀慕之節，皆應古禮。凡可以顯揚前人者，君必盡力求之，期得而後已。嗚呼，可謂孝矣。今復觀此石刻，益嗟嘆之不足。元祐元年十二月日，眉山蘇軾書。

跋送石昌言引

右嘉祐元年九月十九日先君《送石昌言北使文》一首，其字則軾年二十一時所書與昌言本也。今蓄於陳履常氏。昌言名揚休，善爲詩，有名當時，終於知制誥。彭任字有道，亦蜀人，從富彦國使虜還，得靈河縣主簿以死。石守道嘗稱之曰：「有道長七尺，而膽過其身。」一日坐酒肆，與其徒飲且酣，聞彦國當使不測之虜，憤憤推酒床，拳皮裂，遂自請行，蓋欲以死扞彦國者也。其爲人大略如此。然亦任俠好殺云。元祐三年九月初一日題。

跋魯直李氏傳

李如塤之妹既笄發病，見前世寃對，日夜笞之，遂歸誠佛法。夢中見佛與受戒，平遣寃者。李因蔬食不嫁。黄魯直爲記，僕題其後云。

跋進士題目後

元祐三年十二月二十八日，上御延和殿，奏端明殿學士范鎮所進新樂，自太中大夫待制以上皆侍。時西夏方遣使款延州塞，而邊臣方持其議，相與往返未决也。故進士作《延和殿奏新樂賦》、《款塞來享詩》云。翰林學士蘇軾記。

自評文

吾文如萬斛泉源，不擇地皆可出。在平地滔滔汩汩，雖一日千里無難。及其與山石曲折，隨物賦形而不可知也。所可知者，常行於所當行，常止於不可不止，如是而已矣。其他雖吾亦不能知也。

跋邢敦夫南征賦

邢敦夫自爲童子，所與游皆諸公長者，其志豈獨蘄以文稱而已哉。一日不見，遂與草木俱盡。故魯直、无咎諸人哭之，皆過時而哀。今觀此文，亦足少慰。舊嘗見江南李泰伯，自述其文曰：「天將壽我歟，所爲固未足也。不然，斯亦足以藉手見古人矣。」吾於敦夫亦云。元祐四年四月十六日。

書破地獄偈

「若人欲了知，三世一切佛，應觀法界性，一切惟心造。」近有人喪妻者，夢其妻求破地獄偈，覺而求之，無有也。問薦福古老，云此偈是也，遂舉家持誦。後見亡者寶衣天冠，縹緲空中，稱謝而去。軾聞之佛印禪師，佛印聞之范堯夫。

記佛語

佛告阿難，使汝流轉心目之罪人，能降伏此兩物，即去道不遠矣。心既降伏，目亦自定，不須雙言。但此兩物，常相表裏，故佛云爾也。佛云三千大千世界，猶如空華，亂起亂滅，而況我在此空華起滅之中，寄此須臾，貴賤壽夭，賢愚得喪，所計幾何？惟有懃修善果，以昇輔神明，照遣虛妄，以識知本性，差爲着身要事也。

書夢祭勾芒文

予在黄州，夢黑肥吏以一幅紙請祭春牛文，却之不可，云「欲得一佳文」。予笑而從之，云：「三陽既至，庶草將興，爰出土牛，以戒農事。衣被丹青之好，本出泥塗，成毀須臾之間，誰爲慍喜。」傍有一吏云：「此兩句會有慍者。」其一云不害，久已忘之。參寥能具道，乃復録之，今歲立春便可用也。一閣本「不害」下有「此是唤醒他」五字。

跋劉咸臨墓誌

魯直事佛謹甚，作《劉咸臨墓誌》。咸臨不喜佛，而其父道原尤甚。道原之真茹茶、嚙雪竹、折玉裂也，終身守之而不易，可不謂戒且定乎。予觀范景仁、歐陽永叔、司馬君實，皆不喜佛，然其聰明之所照了，德力之所成就，皆佛法也。梁武帝築浮山堰，灌壽春以取中原，一夕殺數萬人，乃以麪牲供宗廟，得爲知佛乎？以是知世之喜佛者未必多，而所不喜者未易少也。

書松醪賦後

予在資善堂，與吴傳正爲世外之游。及將赴中山，傳正贈予張遇易水供堂墨一丸而别。紹聖元年閏四月十五日，予赴英州，過韋城，而傳正之甥歐陽思仲在焉。相與談傳正高風，歎息久之。始予嘗作《洞庭春色賦》，傳正獨愛重之，求予親書其本。近又作《中山松醪賦》，不減前作，獨恨傳正未見。乃取李氏澄心堂紙、杭州程奕鼠須筆、傳正所贈易水供堂墨，録本以授思仲，使函授傳正，且祝深藏之。傳正平生學道既有得矣，予亦竊聞其一二，今將適嶺表，恨不及一别。故以此賦爲贈，而致思於卒章，可以超然想望而常相從也。

書六賦後

予中子迨，本相從英州，舟行已至姑熟，而予道貶建昌軍司馬惠州安置，不可復以家行。獨與少子過往，而使迨以家歸陽羨，從長子邁居。迨好學，知爲楚詞，有世外奇志，故書此六賦以贈其行。紹聖元年六月二十五日，東坡居士書。

跋所書東臯子傳

紹聖二年正月十六日，方讀《東臯子傳》，而梅州送酒者適至，獨嘗一盃，徑醉，遂書此紙，以寄譚使君。

跋子由老子解後

昨日子由寄《老子新解》，讀之不盡卷，廢卷而歎。使戰國時有此書，則無商鞅、韓非。使漢初有此書，則孔、老爲一。晋宋間有此書，則佛、老不爲二。不意老年見此奇特。

跋張廣州書

張廣州與妹仁壽夫人書云：「廣州真珠香藥極有，亦有閒錢，但忝市舶使，不欲効前人自污爾。有唐三百年，惟宋璟、盧奂、李朝隱治廣以廉潔稱，吾宋無聞焉。方作欽賢堂，繪古之清刺史，日夕思仰之，吾妹賢而知理，必喜聞也。」潔廉，哲人之細事也，而古今邊患常生於貪，守邊得廉吏，則夷夏人安，豈細事哉？張説作《宋璟遺愛碑》，其文曰：「崑崙寶兮四海財，幾萬里兮歲一來。」《書》曰：「不寶遠物，則遠人格。」蓋致遠莫若廉使。張公久於帥廣，如四海之物皆可致也。嗚呼。元符三年七月十一日。

題所作書易傳論語説

孔壁、汲冢，竹簡、科斗，皆漆書也，終於蠹壞。景鐘、石鼓益堅，古人爲不朽之計，亦至矣。然其妙意所以不墜者，特以人傳人耳。大哉人乎。《易》曰：「神而明之，存乎其人。」吾作《易》、《書》傳、《論語説》，亦粗備矣。嗚呼，又何以多爲。

書羅漢頌後

佛弟子蘇軾自海南還，道過清遠峽寶林寺，敬頌禪月所畫十八大阿羅漢。元符三年十一月十四日。

跋石鐘山記後

錢唐東南皆有水樂洞，泉流空巖中，皆自然宮商。又自靈隱下天竺而上至上天竺，谿行兩山間，巨石磊磊如牛羊，其聲空礱然，真若鐘聲。乃知莊生所謂天籟者，蓋無所不在也。建中靖國元年正月五日，自海南還，過南安司法掾吴君，示舊所作《石鐘山記》，復書其末。

題劉壯輿文編後

今日晨起減衣，得頭風病，然亦不甚也。取劉君《壯輿文編》讀之，失疾所在。曹公所云，信非虚語。然陳琳豈能及君耶？建中靖國元年四月十二日書。

記黄州〔一〕故吴國

昨日讀《隋書·地理志》，黄州乃永安郡。今黄州東〔二〕十五里許有永安城，而俗謂之女王城，其説鄙野。而《圖經》以爲春申君故城，亦非是。春申君所都乃故吴國，今無錫惠山上有春申君廟，無幾是乎。

校勘記

〔一〕「州」，原作「煙」，據《外集》卷四十改。

〔二〕「東」，原缺，據《稗海》本《東坡志林》補。

記鐵墓厄臺

舊游陳州，留七十餘日，近城可游觀者無不至。柳湖傍有丘，俗謂之鐵墓，云陳胡公墓也。城濠水注嚙其趾，見其有鐵錮之。又有寺曰厄臺，云孔子厄於陳、蔡所居者，其説荒唐不可信。或曰東漢陳思王寵教弩臺以控扼黄巾者，斯説爲近之。

書汴河斗門

數年前，朝廷作汴河斗門以淤田，議者以爲不可，竟爲之，然卒亦無功。方樊山水盛時放斗門，則河田、墳墓、閭舍皆被害。及秋深水退而放，則淤不能厚，謂之煎餅淤。朝廷厭之而罷。偶讀白居易《甲乙判》有云：「得轉運使以汴河水淺不通運，請築塞兩河斗門。節度使以當管營田悉在河次，若斗門築塞，無以供軍。」乃知唐時汴河兩岸皆有營田斗門，若運水不乏，即可沃灌。古有之而今不能，何也？當更問知者。

書杜牧集僧制

《杜牧集》有《燉煌郡僧正兼州學博士僧慧苑除臨壇大德制詞》，蓋宣宗復河湟時也。蕃僧最貴中國紫衣師號。种諤知青澗城，無以使此等，輒出牒授。君子予其知，權不責其專也。

記夢中論左傳

元祐六年十一月十九日五更，夢數人論《左傳》云：「《祈招》之詩固善語，然未見所以感切穆王之心，已其車轍馬迹之意者。」有答者曰：「以民力從王事，當如飲酒，適於飢飽之度而已。若過於醉飽，則民不堪命，王不獲没矣。」覺而念其言似有理，故録之。

書左傳醫和語

男子之生也覆，女子之生也仰，其死於水也亦然。男外陽而内陰，女子反之。故《易》曰「坤至柔而動也剛」，《書》曰「沉潛則克」。古之達者蓋如此也。泰醫和曰：「天有六氣，淫爲六疾。陽淫熱疾，陰淫寒疾，風淫末疾，雨淫腹疾，晦淫惑疾，明淫心疾。夫女陽物也而晦時，故淫則生内熱蠱惑之疾。」女爲蠱惑，世知之者衆矣，且爲陽物而内熱，雖良醫未之言也。五勞七傷，皆熱中而烝，晦淫者不爲蠱則中風，皆熱之所生。醫和之語吾當表而出之。讀《左氏春秋》書此。

記王彭論曹劉之澤

王彭嘗云：「塗巷小兒薄劣，爲其家所厭苦，輒與數錢令聚聽説古語。至説三國事，聞玄德敗，則嚬蹙有涕者，聞曹操敗，則喜唱快。以是知君子、小人之澤，百世不斬。」彭，愷之子，爲武吏，頗知文章，余嘗爲作哀詞。字大年。

記李邦直言周瑜

李邦直言，周瑜二十四經略中原，今吾四十，但多睡善飯，賢愚相遠如此。安上言吾子似快活，未知孰賢與否。

書淵明歸去來序

俗傳書生入官庫，見錢不識，或怪而問之，生曰：「固知其爲錢，但怪其不在紙裹中耳。」予偶讀淵明《歸去來辭》，云：「幼稚盈室，瓶無儲粟。」乃知俗傳信而有證。使瓶有儲粟，亦甚微矣。此翁平生只於瓶中見粟也耶？馬后宫人見大練，反以爲異物。晉惠帝問飢民何不食肉糜。細思之皆一理也，聊爲好事者一笑。

偶書

劉聰聞當爲須遮國王，則不復懼死。人之愛富貴，有甚於生者。月犯少微，吴中高士求死不得。人之好名，有甚於生者。

又

張睢陽生猶罵賊，嚼齒穿齦。顔平原死不忘君，握拳透掌。

書郭文語

温嶠嘗問郭文曰：「人皆有六親相娱，先生棄之，何樂？」文曰：「本行學道，不謂遭世亂，欲歸無路爾。」又問曰：「飢思食，壯思室，自然之理。先生獨無情乎？」曰：「情由憶生，不憶故無情。」又曰：「先生獨居窮山，死則爲烏鳶所食，奈何？」曰：「埋藏者食於螻蟻，復何異？」又問曰：「猛獸害人，先生獨不畏耶？」曰：「人無害獸心，則獸亦不害人。」又曰：「世不寧則身不安，先生何不出濟世乎？」曰：「此非野人之所知也。」予嘗監錢唐郡，游餘杭九鏁山，訪大滌洞天，即郭先生之舊隱也。洞有巨壑，深不可測，蓋嘗有敕使投龍簡云。戊寅九月七日，東坡居士夜坐録此。

書徐則事

東海徐則隱居天台，絶粒養性。太極真人徐君降之，曰：「汝年出八十，當爲王者師，然後得道。」晋王廣聞其名，往召之，則謂門人曰：「吾年八十來召我，徐君之言信矣。」遂詣揚州，王請受道法，辭以時日不利。後數日而死，支體如生，道路皆見其徒步，云得放還山。至舊居，取經書分遺弟子乃去，既而喪至。予以謂徐生高世之人，義不爲煬帝所污，故辭不肯傳其道而死。徐君之言蓋聊以避禍，豈所謂危行言遜者耶？不然，煬帝之行，鬼所唾也，而太極真人肯置之齒牙哉？

書四適贈張鶚

張君持此紙求僕書，且欲發藥，不知藥君當以何品？吾聞《戰國策》中有一方，吾嘗服之有効，故以奉傳。其藥四味而已，一曰無事以當貴，二曰早寢以當富，三曰安步以當車，四曰晚食以當肉。夫已飢而食，蔬食有過於八珍。而既飽之餘，雖芻豢滿前，惟恐其不持去也。若此可謂善處窮者矣，然而於道則未也。安步自佚，晚食自美，安以當車與肉爲哉？車與肉猶存於胸中，是以有此言也。

記導引家語

導引家云：「心不離田，手不離宅。」又云：「真人之心，如珠在淵。衆人之心，如瓢在水。」此善喻者。

書夢中靴銘

軾倅武林日，夢神宗召入禁中，宮女圍侍，一紅衣女童捧紅靴一隻，命軾銘之。覺而忘之，記其一聯云：「寒女之絲，銖積寸累。天步所臨，雲蒸霧起。」既畢進御，上極歎其敏，使宮女送出。睇視裙帶間，有六言詩一首，云：「百疊漪漪水皺，六銖縱縱雲輕。直立含風廣殿，微聞環佩搖聲。」

跋李氏述先記

東坡居士曰：「賊以百倍之衆臨我，我無甲兵城池，雖慈父孝子有不能相保者。李君獨能鋤耰棘矜，相率而拒之，非其才有所足恃、德有所不忍違，惡能然哉？」余恨不得其平生，行事本末當有絶人者，非特此耳。士居平世，傲倖以成功名者何可勝數，而危亂之世，豪傑之士湮没而無傳者亦多矣。悲夫。

記朱炎禪頌

芝上人言：「近有節度判官朱炎者，學禪久之，忽於《楞嚴經》若有得者。問講僧義江云：『此身死後，此心何在？』江云：『此身未死，此心何在。』炎良久以偈答曰：『四大不須無後覺，六根還向用時空。難將語默呈師也，只在尋常語默中。』師可之。其後竟坐化。真廟時人也。」

改觀音經

《觀音經》云：「呪咀諸毒藥，所欲害身者。念彼觀音力，還著於本人。」東坡居士曰：「觀音慈悲者也，今人遭呪咀念觀音之力，而使還著於本人，則豈觀音之心哉？」今改之曰：「呪咀諸毒藥，所欲害身者。念彼觀音力，兩家總没事。」

論六祖壇經

近讀《六祖壇經》，指説法、報、化三身，使人心開目明，然尚少一喻，試以喻眼。見是法身，能見是報身，所見是化身。何謂見是法身？眼之見性，非有非無，無眼之人，不免見黑，眼枯睛亡，見性不滅，則是見性，不緣眼有無，無來無去，無起無滅，故云見是法身。何謂能見是報身？見性雖存，眼根不具，則不能見，若能安養其根，不爲物障，常使光明洞徹，見性乃全，故云能見是報身。何謂所見是化身？根性既全，一彈指頃，所見千萬，縱横變化，俱是妙用，故云所見是法身。此喻既立，三身愈明。如此是否？

記袁宏論佛

袁宏《漢記》曰：「浮屠，佛也，西域天竺國有佛道焉。佛者，漢言覺也，將以覺悟群生。其教以修善慈心爲主，不殺生，專務清淨。其精者爲沙門，沙門，漢言息也。蓋息意去欲，歸於無爲。又以爲人死精神不滅，隨復受形，生時善惡，皆有報應。故貴行善修道，煉精養神，以至無生而得爲佛也。」先生曰，此殆中國始知有佛時語也。雖若淺近，而大略具是矣。野人得鹿，正爾煮食之爾，其後賣與市人，遂入公庖中，饌之百方，鹿味之所以美，未有絲毫加於煮食時也。

書贈邵道士

身如芭蕉，心如蓮花，百節疎通，萬竅玲瓏，來時一，去時八萬四千。此義出《楞嚴》，世未有知之者也。元符三年九月二十日，書贈都嶠邵道士。

書正信和尚塔銘後

太安楊氏，世出名僧。正信表公兄弟三人，其一曰仁慶，故眉僧正。其一曰元俊，故極樂院主，今太安治平院也。皆有高行。而表公行解超然，晚以靜覺。三人皆與吾先大父職方公、吾先君中大夫游相善也。熙寧初，軾以服除，將入朝，表公適臥病，入室告別。霜髮寸餘，目光瞭然，骨盡出，如畫須菩提像，可畏也。軾盤桓不忍去，表曰：「行矣，何處不相見？」軾曰：「公能不遠千里相從乎？」表笑曰：「佛言生正信家，千里從公無不可者，然吾蓋未也。」已而果無恙。至六年乃寂，是歲軾在錢塘，夢表若告別者。又十五年，其徒法用以其所作偈頌及塔記相示，乃書其末。

書柳子厚大鑒禪師碑後

釋迦以文教，其譯于中國，必託於儒之能言者，然後傳遠。故大乘諸經，至《楞嚴》則委曲精盡，勝妙獨出者，以房融筆授故也。柳子厚南遷始究佛法，作曹谿、南獄諸碑，妙絶古今，而南華今無刻石者。長老重辯師，儒釋兼通，道學純備，以謂自唐至今，頌述祖師者多矣，未有通亮簡正如子厚者。蓋推本其言，與孟軻氏合，其可不使學者晝見而夜誦之？故具石請予書其文。《唐史》：「元和中馬總自虔州刺史遷安南都護，徙桂管經略觀察使，入爲刑部侍郎。」今以碑考之，蓋自安南遷南海，非桂管也。韓退之祭馬公文亦云，自交州抗節番禺。曹谿謚號，決非桂帥所當請。以是知《唐史》之誤，當以碑爲正。

書楞伽經後

《楞伽阿跋多羅寶經》，先佛所説，微妙第一，真實了義，故謂之佛語心品。祖師達磨以付二祖，曰：「吾觀震旦所有經教，惟《楞枷》四卷可以印心。」祖祖相受，以爲心法，如醫之有《難經》，句句皆理，字字皆法，後世達者，神而明之，如槃走珠，如珠走槃，無不可者。若出新意，而棄舊學，以爲無用，非愚無知，則狂而已。近歲學者各宗其師，務從簡便，得一句一偈，自謂了證，至使婦人孺子，抵掌嬉笑，爭談禪悦。高者爲名，下者爲利，餘波末流，無所不至，而佛法微矣。譬如俚俗醫師，不由經論，直授方藥，以之療病，非不或中，至於遇病輒應，懸斷死生，則與知經學古者不可同日語矣。世人徒見其有一至之功，或捷於古人，因謂《難經》不學而可，豈不誤哉。《楞伽》義趣幽眇，文字簡古，讀者或不能句，而況遺文以得義，忘義以了心者乎？此其所以寂寥，於是幾廢而僅存也。太子太保樂全先生張公安道，以廣大心，得清淨覺。慶曆中嘗爲滁州，至一僧舍，偶見此經，入手恍然如獲舊物，開卷未終，夙障冰解。細視筆畫，手迹宛然，悲喜太息，從是悟入，常以經首四褐發明心要。軾游於公之門三十年矣，今年二月過南都，見公於私第，公時年七十九，幻滅都盡，惠光渾圜。而軾亦老於憂患，百念灰冷，公以爲可教者，乃授此經，且以錢三十萬使印施於江淮間。而金山長老佛印大師了元曰：「印施有盡，若書而刻之，則無盡。」軾乃爲書之，而元使其侍者曉機走錢塘，求善工刻之版，遂以爲金山常住。元豐八年九月日，朝奉郎新差知登州軍州兼管內勸農事騎都尉借緋蘇軾書。

書金光明經後

軾之幼子過，其母同安郡君王氏諱閏之字季章，享年四十有六，以元祐八年八月一日卒于京師，殯于城西惠濟院。過未免喪，而從軾遷于惠州，日以遠去其母之殯爲恨也。念將祥除，無以申罔極之痛，故親書《金光明經》四卷，手自裝治，送虔州崇慶禪院新經藏中，欲以資其母之往生也。泣而言於軾曰：「書經之勞微矣，不足以望豐報，要當口誦而心通，手書而身履之，乃能感通佛祖，升濟神明。而小子愚冥，不知此經皆真實語耶，抑寓言也，當云何見，云何行？」軾曰：「善哉問也。吾常聞之張文定公安道曰，佛乘無大小，言亦非虛實，顧我所見如何耳。萬法一致也，我若有見，寓言即是實語，若無所見，實寓皆非。故《楞嚴經》云，若一衆生未成佛，終不於此取涅槃。若諸菩薩急於度人，不急於成佛，盡三界衆生皆成佛已，我乃涅槃。若諸菩薩，覺知此身，無始以來，皆衆生相。寃親拒受，內外障護，即卵生相。壞彼成此，損人亦己，即胎生相。愛染留連，附記有無，即濕生相。一切勿變，爲己主宰，即化身相。此四衆生相者，與我流轉不覺，不知勤苦修行，幻力成就，則此四相，伏我諸根，爲涅槃相，以此成佛，無有是處。此二菩薩，皆是正見。乃知佛語，非寓非實。今汝若能爲流水長者，以大願力象，取無礙法水，以救汝流浪渴涸之魚。又能觀諸世間，雖甚可愛，而虛幻無實，終非我有者，汝即捨離。如薩埵王子捨身，雖甚可惡，而業所驅迫，深可憐憫者，汝即布施。如薩埵王子施虎，行此捨施，如飢就食，如渴求飲，則道可得，佛可成，母可拔也。」過再拜稽首，願書其末。紹聖二年八月一日。

金剛經跋尾

聞昔有人，授持諸經，攝心專妙。常以手指，作捉筆狀，於虚空中，寫諸經法。是人去後，此寫經處，自然嚴淨，雨不能濕。凡見聞者，孰不贊歎，此希有事。有一比丘，獨拊掌言，惜此藏經，止有半藏。乃知此法，有一念在，即爲塵勞，而況可以，聲求色見？今此長者，譚君文初，以念親故，示入諸相。取黄金屑，書《金剛經》。以四句偈，悟入本心，灌流諸根，六塵清淨。方此之時，不見有經，而況其字？字不可見，何者爲金？我觀譚君，孝慈忠信，内行純備。以是衆善，莊嚴此經，色相之外，炳然焕發。諸世間眼，不具正見。使此經法，缺陷不全。是故我説，應如是見。東坡居士，説是法已，復還其經。

東坡題跋卷之二

宋　眉山蘇軾　撰

明　虞山毛晉　訂

書蘇李詩後

此李少卿贈蘇子卿之詩也。予本不識陳君式，謫居黄州，傾蓋如故，會君式罷去，而久廢作詩，念無以道離别之懷，歷觀古人之作辭，約而意盡者，莫如〔一〕李少卿贈蘇子卿之篇，書以贈之。春秋之時，三百六篇，皆可以見志，不必己作也。

校勘記

〔一〕「莫如」，原缺，據《永樂大典》補。

書鷄鳴歌

余來黄州，聞黄人二三月皆群聚謳歌，其詞固不可分，而其音亦不中律吕，但宛轉其聲，往返高下，如鷄唱爾。與廟堂中所聞鷄人傳漏，微有相似，但極鄙野耳。《漢官儀》：「宫中不畜鷄，汝南出長鳴鷄，衛士候朱雀門外，專傳鷄鳴。」又應劭曰：「今《鷄鳴歌》也。」《晋太康地道記》曰：「後漢固始、鮦陽、公安、細陽四縣衛士習此曲，於闕下歌之，今《鷄鳴歌》是也。」顔師古不考本末，妄破此説。余今所聞，豈亦鷄鳴之遺聲乎？土人謂之山歌云。

記陽關第四聲

舊傳陽關三疊，然今歌者，每句再疊而已，通一首言之，又是四疊，皆非是。或每語三唱，以應三疊之説，則叢然無復節奏。余在密州，有文勛長官以事至密，自云得古本陽關，其聲宛轉凄斷，不類向之所聞，每句皆再唱，而第一句不疊，乃唐本三疊蓋如此。及在黄州，偶讀樂天《對酒詩》云：「相逢且莫推辭醉，新唱陽關第四聲。」注：「第四聲，勸君更盡一杯酒。」以此驗之，若第一句叠，則此句爲第五聲矣。今爲第四聲，則第一不叠，審矣。

書孟東野詩

元豐四年，與馬夢得飲酒黄州東禪，醉後誦孟東野詩云：「我亦不笑原憲貧。」不覺失笑。東野何緣笑得原憲？遂書此以贈夢得，只夢得亦未必笑得東野也。

題孟郊詩

孟東野作《聞角詩》云：「似開孤月口，能説落星心。」今夜聞崔誠老彈《曉角》，始覺此詩之妙。

書淵明飲酒詩後

「顏生稱爲仁，榮公言有道。屢空不獲年，長飢至于老。雖留身後名，一身亦枯槁。死去何所知，稱心固爲好。客養千金軀，臨化消其寶。裸葬何必惡，人當解意表。」此淵明《飲酒詩》也。正飲酒中，不知何緣記得此許多事。元豐五年三月三日，子瞻與客飲酒，客令書此詩，因題其後。

書淵明羲農去我久詩

余聞江州東林寺有陶淵明詩集，方欲遣人求之，而李江州忽送一部遺予。字大紙厚，甚可喜也。每體中不佳輒取讀，不過一篇，惟恐讀盡後無以自遣耳。

題淵明詩

陶靖節云：「平疇返遠風，良苗亦懷新。」非古之偶耕植杖者，不能道此語。非余之世農，亦不能識此語之妙也。

又

「秋菊有佳色，裛露掇其英。泛此無憂物，遠我遺世情。一觴聊獨進，盃盡壺自傾。日入群動息，飛鳥趨林鳴。嘯傲東窗下，聊復得此生。」靖節以無事自適爲得此生，則凡役於物者，非失此生耶？

題淵明詠二疎詩

此淵明《詠二疎》也。淵明未嘗出，二疎既出而知返，其志一也。或以謂既出而返，如從病得愈，其味勝於初不病。此惑者顛倒見耳。

題淵明飲酒詩後

「採菊東籬下，悠然見南山。」因採菊而見山，境與意會，此句最有妙處。近歲俗本皆作「望南山」，則此一篇神氣都索然矣。古人用意深微，而俗士率然妄以意改，此最可疾。近見新開韓、柳集多所刊定，失真者多矣。

題文選

舟中讀《文選》，恨其編次無法，去取失當。齊、梁文章衰陋，而蕭統尤爲卑弱，《文選》引斯可見矣。如李陵、蘇武五言皆僞，而不能去。觀淵明集，可喜者甚多，而獨取數首，以知其餘人忽遺者甚多矣。淵明《閒情賦》，正所謂「國風好色而不淫」，正使不及周南，與屈、宋所陳何異。而統乃譏之，此乃小兒强作解事者。元豐七年六月十一日書。

題鮑明遠詩

舟中讀鮑明遠詩，有字謎三首。飛泉仰流者，舊説是井字。一云乾之一九，隻立無耦，坤之六二，宛然雙宿，是三字。一云頭如刀，尾如鉤，中間横廣，四角六抽，右畔負兩刃，左邊屬雙牛，當是龜字也。

書謝瞻詩

李善注《文選》，本末詳備，極可喜。所謂五臣者，真俚儒之荒陋者也，而世以爲勝善，亦謬矣。謝瞻《張子房》詩曰：「苛慝暴三殤。」謂上中下三殤，言暴秦無道，戮及孥稚也。而乃引「苛政猛於虎，吾父吾子吾夫皆死於是」。謂夫與婦爲殤，此非俚儒之荒陋者乎？語如此甚多，不足言，故不言。

題蔡琰傳

劉子玄辨《文選》所載李陵與蘇武書，非西漢文，蓋齊梁間文士擬作者也。予因悟陵與武贈答五言亦後人所擬。今日讀《列女傳》蔡琰二詩，其詞明白感慨，頗類世傳《木蘭詩》，東京無此格也。建安七子猶涵養圭角，不盡發見，況伯喈女乎。文琰之流離，必在父死之後，董卓既誅伯喈，乃遇禍。今此詩乃云爲董卓所驅虜入胡，尤知其非真也。蓋擬作者疏略，而范曄荒淺，遂載之本傳，可以一笑也。

書文選後

五臣注《文選》，蓋荒陋愚儒也。今日讀嵇中散《琴賦》云：「間遼故音癉，弦長故徽鳴。」所謂癉者，猶今俗云悳聲也，兩手之間遠則有悳，故云「間遠則音癉」。徽鳴者，今之所謂泛聲也，弦虛而不按乃可泛，故云「弦長則徽鳴」也。五臣皆不曉妄注。又云：「《廣陵》、《止息》、《東武》、《太山》、《飛龍》、《鹿鳴》、《鵾鷄》、《游弦》。」中散作《廣陵散》，一名《止息》，特此一曲爾，而注云八曲，其他淺妄可笑者極多，以其不足道故略之。聊舉此，使後之學者勿憑此愚儒也。五臣既陋甚，至蕭統亦其流耳。宋玉《高唐神女賦》，自「玉曰唯唯」以前皆賦，而統謂之序，大可笑。相如賦首有亡是三人論難，豈亦賦序耶？其他謬陋不一，聊舉其一耳。

題温庭筠湖陰曲後

元豐五年，軾謫居黄州，蕪湖東承天院僧藴湘因通直郎劉君誼以書請於軾，願書此詞而刻諸石，以爲湖陰故事，而鄂州太守陳君瀚爲致其書，且助之請。七年六月二十三日舟過蕪湖，乃書以遺湘使刻之。汝州團練副使員外置蘇軾書。

書李白十詠

過姑孰堂下，讀李白《十詠》，疑其淺近。見孫邈，云聞之王安國，此乃李赤詩，秘閣下有赤集，此詩在焉，白集中無此。赤見柳子厚集，自比李白，故名赤，卒爲厠鬼所惑而死。今觀此詩止如此，而以比白，則其人心恙已久，非特厠鬼之罪。

書李白集

今太白集中有《歸來乎》、《笑矣乎》及《贈懷素草書》數詩，決非太白作。蓋唐末五代間，貫休、齊己輩詩也。余舊在富陽見國清院太白詩，絶凡近。過彭澤唐興院，又見太白詩，亦非是。良由太白豪俊，語不甚擇，集中往往有臨時卒然之句，故使妄庸敢爾。若杜子美，世豈復有僞撰者耶？

記太白詩

「湘中老人讀黄老，手援紫藟坐碧草。春至不知湘水深，日暮忘却巴陵道。」唐末有見人作此詩者，詞氣殆是李謫仙。余在都下見有人攜一紙文，書則顔魯公也，墨迹如未乾，紙亦新健。其首兩句云：「朝披夢澤雲，笠釣青茫茫。」此語亦非太白不能道也。

又

「人生燭上花，光滅巧妍盡。春風遶樹頭，日與花工進。惟知雨露貪，不念零落近。昔我飛骨時，慘見當塗墳。青松靄明霞，縹緲上下村。既死明月魄，無彼玻瓈魂。念此一脱酒，長嘯登崑崙。醉著鸞鳳衣，星斗俯可捫。」「朝披雲夢澤，笠釣青茫茫。尋絲得雙鯉，中有三元章。篆字若丹蛇，逸勢如飛翔。歸來問天姥，妙義不可量。金刀割青素，靈文爛煌煌。燕服十二環，想見仙人房。暮跨紫鱗去，海氣侵肌涼。龍子喜變化，化作梅花粧。遺我纍纍珠，靡靡明月光。勸我穿絳縷，繫作裾間璫。揖余以辭去，談笑聞餘香。」余頃在京師，有道人相訪，風骨甚異，語論不凡，自云常與物外諸公往還，口誦此二篇，云東華上清監清逸真人李太白作也。

書學太白詩

李白詩飄逸絶塵，而傷於易，學之者又不至，玉川子是也，猶有可觀者。有狂人李赤，乃敢自比謫仙，準律不應從重。又有崔顥者，曾未及豁達李老，作《黃鶴樓》

詩，頗類上士游山水，而世俗云李白，蓋當與徐凝一場決殺也。醉中聊爲一笑。

書諸集僞謬

唐末五代，文物衰盡，詩有貫休，書有亞栖，村俗之氣，大率相似。如蘇子美家收張長史書云：「隔簾歌已俊，對坐貌彌精。」語既凡惡，而字法真亞栖之流。近見曾子固編太白集，自謂頗獲遺亡，而有《贈懷素草書歌》及《笑矣乎》數首，皆貫休以下詞格。二人皆號有識知者，故深可怪。如白樂天贈徐凝，退之贈賈島之類，皆世俗無知者所託，尤不足多怪。

書諸集改字

近世人輕以意改書，鄙淺之人，好惡多同，故從而和之者衆，遂使古書日就訛舛，深可忿疾。孔子曰：「吾猶及史之闕文也。」自余少時及前輩皆不敢改書，故蜀本大字書皆善本。莊子云：「用志不分，乃疑於神。」此與《易》「陰疑於陽」，《禮》「使人疑汝於夫子」同。今四方本皆作「凝」。陶潛詩「採菊東籬下，悠然見南山。」採菊之次，偶然見山，初不用意，而境與意會，故可喜也。今皆作「望南山」。杜子美云：

「白鷗没浩蕩，萬里誰能馴。」蓋滅没於煙波間耳。而宋敏求謂余云：「鷗不解没。」改作「波」。二詩改此兩字，覺一篇神氣索然也。

書退之詩

韓退之《游青龍寺》詩，終篇言赤色，莫曉其故。嘗見小説，鄭虔寓青龍寺，貧無紙，取柿葉學書。九月柿葉赤而實紅，退之詩乃寓此也。

記退之抛青春句

韓退之詩曰：「百年未滿不得占，且可勤買抛青春。」《國史補》云：「酒有郢之富春，烏程之若下春，滎陽之土窟春，富平之石凍春，劍南之燒春。」杜子美亦云：「聞道雲安麴米春，纔傾一盞便醺人。」近世裴鉶作傳奇，記裴航事，亦有酒名松醪春。乃知唐人名酒多以春，則「抛青春」亦必酒名也。

辨杜子美杜鵑詩

南都王誼伯《書江濱驛垣》，謂子美詩歷五季兵火，舛缺離異，雖經其祖父公所理，尚有疑闕者。誼伯謂西川有杜鵑，東川無杜鵑，濟萬無杜鵑，雲安有杜鵑，蓋是題下注。斷自「我昔游錦城」爲首句，誼伯誤矣。且子美詩，備諸家體，非必牽合程度，侷侷然者也。是篇句落處凡五杜鵑，豈可以文害辭、辭害意耶？原子美之意，類有所感，託物以發者也，亦六義之比興、《離騷》之法歟？按《博物志》，杜鵑生子，寄之他巢，百鳥爲飼之，胡江東所謂杜宇，曾爲蜀帝王化禽飛去。舊城荒且禽鳥至微知有尊，故子美云「重具古帝魂」，又云「禮若奉至尊」。子美蓋譏當時之刺史，有不禽鳥若也。唐自明皇已後，天步多棘，刺史能造次不忘於君者，可一二數也。嚴武在蜀，雖橫斂刻薄，而實資中原，是西川有杜鵑。其不虔王命，負固以自抗，擅軍旅，絶貢賦，如杜克遜在梓州，爲朝廷西顧憂，是東川無杜鵑耳。至於涪、萬、雲安刺史，微不可考，凡其尊君者爲有也，懷貳者爲無也，不在夫杜鵑之真有無也。誼伯以爲來東川，聞杜鵑聲繁而急，乃始歎子美詩跋壹紙上語，又云子美不應疊用韻，何耶？子美自我作古，疊用韻無害於爲詩，僕所見如此。誼伯博學强辯，殆必有以折衷之。

記子美八陣圖詩

僕嘗夢見一人，云是杜子美，謂僕世多誤會予詩。《八陣圖》云：「江流石不轉，遺恨失吞吴。」世人皆以謂先主、武侯欲與關羽復仇，故恨不能滅吴，非也。我意本謂，吴蜀脣齒之國，不當相圖，晋之所以能取蜀者，以蜀有吞吴之意，此爲恨耳。此理甚近，然子美死近四百年，猶不忘詩，區區自明其意者，此真書生習氣也。

書子美自平詩

杜子美詩云：「自平宫中吕太一。」世莫曉其義。而妄者至以唐時有自平宫。偶讀《玄中實録》，有宫中吕太一叛於廣南，杜詩蓋云自平宫中吕太一，故下有「取珠」之句。見書不廣而以意改文字，鮮不爲笑也。

書子美雲安詩

「兩邊山木合，終日子規啼。」此老杜《雲安縣》詩也，非親到其處，不知此詩之工。

書子美驄馬行

余在岐下見秦州一馬，騣如牛，頷下垂胡側立傾倒，毛生肉端，番人云此肉騣馬也。乃知鄧公《驄馬行》云「肉驄碨礧連錢動」，當作「騣」。

書子美黄四娘詩

子美詩云：「黄四娘家花滿蹊，千朵萬朵壓枝低。留連戲蝶時時舞，自在嬌鶯恰恰啼。」東坡云此詩雖不甚佳，可以見子美清狂野逸之態，故僕喜書之。昔齊魯有大臣，史失其名，黄四娘獨何人哉，而託此詩不朽，可以使覽者一笑。

書子美屏跡詩

「用拙存吾道，幽居近物情。桑麻深雨露，燕雀半生成。村鼓時時急，漁舟箇箇輕。杖藜從白首，心跡喜雙清。晚起家何事，無營地轉幽。竹光團野色，山影漾江流。廢學從兒懶，長貧任婦愁。百年渾得醉，一月不梳頭。」子瞻云此東坡居士之詩也，或者曰此杜子美屏跡詩也，居士安得竊之。居士曰，夫禾麻穀麥，起於神農、后稷，今家有倉廩，不予而取輒爲盜，被盜者爲失主。若必從其初，則農、稷之物也。

今考其詩，字字皆居士實録，是則居士詩也，子美安得禁吾有哉。

記子美陋句

「減米散同舟，路難思共濟。向來雲濤盤，衆力亦不細。呀帆忽遇眠，飛櫓本無帶。得失瞬息間，致遠疑恐泥。百慮視安危，分明曩賢計。兹理庶可廣，拳拳期勿替。」杜甫詩固無敵，然自「致遠」以下句，真村陋也，此最其瑕纇。世人雷同，不復譏評，過矣。然亦不能掩其善也。

記子美逸詩

《聞惠子過東溪》詩云：「惠子白驢瘦，歸溪唯病身。皇天無老眼，空谷滯斯人。巖密松花熟，山杯竹葉春。柴門了無事，黄綺未稱臣。」此一篇予與劉斯立得之於管城人家葉子册中，題云「杜員外詩集名甫字東美」，其餘諸篇語多不同，如「故園楊柳今摇落，安得愁中却盡生」之類也。鳳翔魏起興叔云：「天興人掘得此詩石刻，與此少異。『巖密松花古，村醪竹葉春。柴門了生事，園綺未稱臣。』」

評子美詩

子美自比稷與契，人未必許也。然其詩云：「舜舉十六相，身尊道益高。」秦時用商鞅法，令如牛毛，此自是契、稷輩人口中語也。又云：「知名未足稱，局促商山芝。」又云：「王侯與螻蟻，同盡隨丘墟。願聞第一義，回向心地初。」乃知子美詩外尚有事在也。

書子美憶昔詩

《憶昔》詩云：「關中小兒壞紀綱。」謂李輔國也。「張后不樂上爲忙。」謂肅宗張皇后也。「爲留猛士守未央。」謂郭子儀奪兵柄入宿衛也。

雜書子美詩

《悲陳陶》云：「四萬義軍同日死。」此房琯之敗也。《唐書》作「陳濤邪」，不知孰是。時琯臨敗，猶欲持重有所伺，而中人邢延德促戰，遂大敗。故次篇《悲青坂》云：「焉得附書與我軍，留待明年莫倉卒。」

《北征詩》云：「桓桓陳將軍，仗鉞奮忠烈。」此謂陳元禮也。元禮佐玄宗平內難，又從幸蜀，首建誅國忠之策。

《洗兵馬行》：「張公一生江海客，身長九尺須眉蒼。」此張鎬也。

明皇雖誅蕭至忠，然常懷之。侯君集云「蹭蹬至此至」，忠亦蹭蹬者耶？故子美亦哀之，云：「赫赫蕭京兆，今爲時所憐。」

《後出塞》云：「我本良家子，出師亦多門。將驅益愁思，身廢不足論。躍馬二十年，恐辜明主恩。坐見幽州騎，長驅河洛昏。中夜間道歸，故里但空村。惡名幸脱免，窮老無兒孫。」詳味此詩，蓋禄山反時，其將校有脱歸國，而禄山殺其妻子者，不知其姓名，可恨也。

書柳公權聯句

貴公子雪中飲，醉餘倚欄風曰：「爽哉，快哉。」左右有泣者，公子驚問之，曰：「吾父昔以爽亡。」楚襄王登臺，有風颯然而至，王曰：「快哉此風，寡人與庶人共之者耶。」宋玉譏之曰：「此獨大王之雄風耳，庶人安得而有之。」不知者以爲諂也，知之者以爲諷也。唐文宗詩曰：「人皆苦炎熱，我愛夏日長。」柳公權續之曰：「薰風自南來，殿閣生微涼。」惜乎時無宋玉在其傍也。

書韓定辭馬郁詩

韓定辭不知何許人，爲鎮王鎔書記，聘燕。帥劉仁恭舍於賓館，命幕客馬郁延接。馬有詩贈韓曰：「燧林芳草綿綿思，盡日相逢陟麗譙。别後巏嵍山上望，羡君時復見王喬。」郁詩雖清秀，然意在試其學問。韓即席酬之：「崇霞臺上神仙客，學辨癡龍藝更多。盛德好將銀筆述，麗辭堪與雪兒歌。」坐中賓客靡不欽訝，稱爲妙句，然疑其「銀筆」之僻也。他日郁從容問韓以雪兒銀筆之事，韓曰：「昔梁元帝爲湘東王時，好學著書，常記録忠臣義士及文章之美者。筆有品，或以金銀飾，或用班竹爲管。忠孝全者用金管書之，德行清粹者用銀筆書之，文章贍麗者用班竹管書之。故湘東王之譽振於九江。雪兒，李密之愛姬，能歌舞。每見賓僚文章有奇麗中意者，即付雪兒協音律歌之。」又問癡龍出自何處。曰：「洛下有洞六，曾有人誤墜其中，因行數里，漸見明曠。見有宫殿人物，凡九處。又有大羊，髯有珠，人取食之。不知後出，以問張華，華曰此九仙館也，大羊名癡龍耳。」定辭後問郁巏嵍山今當在何處。

郁曰：「此隋郡之故事，何謙光而下問。」由是兩相悦服，結交而去。

書李主詩

「心事數莖白髮，生涯一片青山。空林有雪相待，古路無人自還。」李主好書神仙隱道之詞，豈非遭離世故，欲脱世網而不得者耶？

書柳子厚詩

僕自東武適文登，并海行數日，道傍諸峰真若劍鋩。誦柳子厚詩，知海山多爾耶？子柳子云：「海上尖峰若劍鋩，秋來處處割人腸。若爲化作身千億，遍上峰頭望故鄉。」

題柳子厚詩

柳子厚詩云：「鶴鳴楚山靜。」又云：「隱憂倦永夜。」東坡曰，子厚此詩，遠出靈運上。

又

詩須要有爲而作，用事當以故爲新，以俗爲雅，好奇務新，乃詩之病。柳子厚晚年詩極似陶淵明，知詩病者也。

書子厚夢得造語

「每風自四山而下，震動大木，掩冉衆草，紛紅駭緑，蓊勃薌氣。」柳子厚、劉夢得皆善造語，若此句殆入妙矣。夢得云：「水禽嬉戲，引吭伸翮，紛驚鳴而決起，拾采翠于沙礫。」亦妙語也。

評韓柳詩

柳子厚詩在陶淵明下，韋蘇州上。退之豪放奇險則過之，而温麗靖深不及也。所貴乎枯澹者，謂其外枯而中膏，似澹而實美，淵明、子厚之流是也。若中邊皆枯澹，亦何足道。佛云如人食蜜，中邊皆甜。人食五味，知其甘苦者皆是，能分別其中邊者，百無一二也。

書子厚詩

柳子厚詩云：「盛時一失貴反賤，桃笙葵扇安敢當。」不知桃笙爲何物。偶閲《方言》：「簟，宋魏之間謂之笙。」乃悟桃笙以竹爲簟也。梁簡文答南王餉書云：

「五離九折，出桃枝之翠笋。」乃謂桃枝竹箄也。桃竹出巴渝間，杜子美有《桃竹歌》。

書樂天香山寺詩

白樂天爲王涯所讒，謫江州司馬。甘露之禍，樂天在洛，適游香山寺，有詩云：「當君白首同歸日，是我青山獨往時。」不知者以樂天爲幸之。樂天豈幸人之禍者哉？蓋悲之也。

書常建詩

常建詩云：「竹徑通幽處，禪房花木深。」歐陽公最愛重，以爲不可及。此語誠可人意，然於公何足道？豈非厭飫芻豢，反思嬴蛤耶。

書韓李詩

元祐六年八月十五日，與柳展如飲酒，一盃便醉，作字數紙，書李太白詩云：「遺我鳥跡書，飄然落巖間。其字乃上古，讀之了不閒。」戲謂柳生，李白尚氣，乃自招不識字，可一大笑。不如韓愈倔强，云「我寧屈曲自世間，安能隨汝巢神仙」也。

録陶淵明詩

「清晨聞扣門，倒裳自往開。問子爲誰與，田父有好懷。壺漿遠見候，疑我與時乖。繿縷茅簷下，未足爲高棲。一世皆尚同，願君汩其泥。深感父老言，稟氣寡所諧。紆轡誠可學，違己詎非迷。且共歡此飲，吾駕不可回。」此詩叔弼愛之，予亦愛之。予嘗有云，言發於心而衝於口，吐之則逆人，茹之則逆予，以謂寧逆人也，故卒吐之。與淵明詩意不謀而合，故并録之。

書淵明詩

「種豆南山下，草盛豆苗稀。侵晨理荒穢，帶月荷鋤歸。道狹草不長，夕露沾我衣。衣沾不足惜，但使願無違。」覽淵明此詩，相與太息。噫嘻，以夕露沾衣之故，而犯所媿者多矣。元祐九年正月十六日，李端叔、王幾仁、孫子發皆在，東坡記。

書淵明乞食詩後

淵明得一食，至欲以冥謝主人，此大類丐者口頰也。哀哉，哀哉，非獨余哀之，舉世莫不哀之也。飢寒常在生前，聲名常在身後，二者不相待，此士之所以窮也。

書淵明飲酒詩後

《飲酒》詩云：「客養千金軀，臨化消其寶。」寶不過軀，軀化則寶已矣。人言靖節不知道，吾不信也。

書淵明詩

孔文舉云：「坐上客常滿，樽中酒不空，吾無事矣。」此語甚得酒中趣。及見淵明云：「偶有佳酒，無夕不傾，顧影獨盡，悠然復醉。」便覺文舉多事矣。

又

陶詩云：「但恐多謬誤，君當恕醉人。」此未醉時説也。若已醉，何暇憂誤哉。然世人言醉時是醒時語，此最名言。張安道飲酒，初不言盞數，少時與劉潛、石曼卿飲，但言當飲幾日而已。歐公盛年時能飲百盞，然常爲安道所困。聖俞亦能飲百許盞，然醉後高叉手而語彌温謹，此亦知其所不足而勉之，非善飲者。善飲者，澹然與平時無少異也。若僕者，又何其不能飲，飲一盞而醉，醉中味與數君無異，亦所羨爾。

書薛能茶詩

唐人煎茶用薑，故薛能詩云：「鹽損添常戒，薑宜著更誇。」據此，則又有用鹽者矣。近世有用此二物者，輒大笑之。然茶之中等者用薑煎，信佳也，鹽則不可。

書樂天詩

「一山門作兩山門，兩寺元從一寺分。東澗水流西澗水，南山雲起北山雲。前臺花發後臺見，上界鐘清下界聞。遥想高僧行道處，天香桂子落紛紛。」唐韜光禪師自錢塘天竺來住此山，樂天守蘇日，以此詩寄之。慶曆中，先君游此山，猶見樂天真蹟。後四十七年，軾南遷過虔，復經此寺，徒見石刻而已。紹聖元年八月十七日。

書玉川子詩論李忠臣

玉川子《月蝕》詩云：「歲星主福德，官爵奉董秦。忍使黔婁生，覆尸無衣巾。」詳味此句，則董秦當是無功而享厚禄者。董秦，李忠臣也，天寶末驍將，屢立戰功，雖粗暴，亦頗知忠義。代宗時吐蕃犯闕，徵兵，忠臣即日赴難，或勸擇日，忠臣怒曰：「君父在難，乃擇日耶。」後卒污朱泚僞命誅。考其終始，非無功而享厚禄者，不知玉川子何以有此句。紹聖元年十一月二十三日。

書日月蝕詩

玉川子作《月蝕》詩，以爲蝕月者月中之蝦摲也。梅聖俞作《日蝕》詩云：「食日者三足烏。」此固因俚説以寓其意也。《戰國策》曰：「日月暈於外，其賊在内。」則俚説亦當矣。

書盧仝詩

盧仝詩云：「何時得去禁酒國。」吾今謫嶺南，萬户酒家，有一婢昔嘗爲酒肆，頗能伺候冷暖，自今當不乏酒，可以日飲無何，其去禁酒國矣。

書淵明東方有一士詩後

「東方有一士，被服常不完。三旬九遇食，十年著一冠。辛苦無此比，常有好容顔。我欲觀其人，晨去越河關。青松夾路生，白雲宿簷端。知我故來意，取琴爲我彈。上弦驚别鶴，下弦操孤鸞。願留就君住，從今至歲寒。」此東方一士，正淵明也，不知從之游者誰乎。若了得此一段，我即淵明，淵明即我也。紹聖二年二月十一日，東坡居士飲醉食飽，默坐思無邪齋，兀然如睡，既覺寫淵明詩一首，示兒子過。

書淵明酬劉柴桑詩

自夏歷秋，毒熱七八十日不解，炮灼理極，意謂不復有清涼時。今日忽凄風微雨，遂御裌衣，顧念兹歲，屈指可盡。陶彭澤云：「今我不爲樂，知有來歲不。」此言真可爲惕然也。

書柳子厚南澗詩

「秋氣集南澗，獨游亭午時。回風一蕭索，林影久參差。始至若有得，稍深遂忘疲。羈禽響幽谷，寒藻舞淪漪。去國魂已游，懷人淚空垂。孤生易爲感，末路少所宜。寂寞竟何事，遲回只自知。誰歟後來者，當與此心期。」柳子厚南遷後詩，清勁紆餘，大率類此。紹聖三年三月六日。

對韓柳詩

韓退之詩云：「水作青羅帶，山爲碧玉簪。」柳子厚詩云：「海上群山若劍鋩，秋來處處割愁腸。」陸道士云：「二公當時不相計，會好做成一屬對。」東坡爲之對云：「繫悶豈無羅帶水，割愁還有劍鋩山。」此可編入詩話也。

書李嶠詩

「昔時青樓對歌舞，今日黃埃聚荆棘。山川滿目淚沾衣，富貴榮華能幾時。不見秖今汾水上，惟有年年秋雁飛。」李嶠詩也。蓋當時未有太白、子美，故嶠輩得稱雄耳。其遭離世故，不得不爾。雨中聞鈴，且猶涕下，嶠詩可不知撼鈴耶。以此論工拙，殆未可也。

書賀遂亮詩

「意氣百年内，平生一寸心。欲交天下士，未面已虚襟。君子重名義，直道冠衣簪。風雲何可託，懷抱自然深。落霞淨霜景，墜葉下楓林。若上南登岸，希訪北山岑。」此賀遂亮贈韓思彦詩也。《成都學館記》，遂亮撰，頗有意書。書詞皆奇雅有法，嘗患不見遂亮他文，偶因讀《國史補》得此詩，乃爲録之。

書董京詩

《晉史》：「董京字威輦，作詩答孫子荆，其略曰：『玄鳥紆幕，而不被害。鳴隼遠巢，咸以欲死。眄彼粱魚，逡巡倒尾。沉吟不決，忽焉失水。嗟乎，魚鳥相與，萬世而不悟。以我觀之，乃明其故。焉知不有達人，深穆其度，亦將窺我，顰蹙而去。』」京之意蓋曰，以魚鳥自觀，雖萬世而不悟其非也，我所以能知魚鳥之非者，以我不與魚鳥同欲惡也。彼達人者，不與我同欲惡，則其觀我之所爲，亦欲如我之觀魚鳥矣。京得道人也，哀世俗不曉其語，故粗爲説之。戊寅九月八日。

書杜子美詩

「崔郎憂病士，書信有柴胡。飲子頻通汗，懷君想報珠。親知天畔少，藥味峽中無。歸楫生衣臥，春鷗洗翅呼。酒聞上急水，早作恥平途。萬里皇華使，爲僚記腐儒。」此杜子美詩也。沈佺期《回波》詩云：「姓名雖蒙齒録，袍笏未易牙緋。」子美用飲子對懷君，亦齒録、牙緋之比也。廣州舶信到，得柴胡等藥，偶録此詩遣悶。己卯正月十三日久旱微雨，陰翳未快。

書唐太宗詩

唐太宗作詩至多，亦有徐、庾風氣，而世不傳，獨於《初學記》時時載之。

書韋蘇州詩

世傳王子敬帖有「黄柑三百顆」之語，此帖乃在劉景文處。景文死，不知今在誰矣。韋蘇州有詩云：「書後欲題三百顆，洞庭須待滿林霜。」蓋蘇州亦見此帖也。余亦嘗有詩與景文云：「君家子敬十六字，氣壓鄴侯三萬籤。」

書杜子美詩後

「夔州處女髮半華，四十五十無夫家。更遭喪亂嫁不售，一生抱恨長咨嗟。土風坐男使女立，男當門户女出入。十有八九負薪歸，賣薪得錢當供給。至老雙鬟只垂頸，野花山葉銀釵并。筋力登危集市門，死生射利兼鹽井。函粧手飾雜啼痕，地褊衣寒困石根。若道巫山女粗醜，何得此有昭君村。」海南亦有此風，每誦此詩以諭父老，然亦未易變其俗也。元符二年閏九月十七日。

書司空圖詩

司空圖表聖自論其詩，以爲得味於味外。「緑樹連村暗，黄花入麥稀。」此句最善。又云：「棊聲花院静，幡影石壇高。」吾嘗游五老峰，入白鶴院，松陰滿庭，不見一人，惟聞棊聲，然後知此句之工也。但恨其寒儉有僧態。若杜子美云：「暗飛螢自照，水宿鳥相呼。四更山吐月，殘夜水明樓。」則才力富健，去表聖之流遠矣。

書鄭谷詩

鄭谷詩云：「江上晚來堪畫處，漁人披得一蓑歸。」此村學中詩也。柳子厚云：「千山鳥飛絶，萬徑人蹤滅。扁舟蓑笠翁，獨釣寒江雪。」人性有隔也哉，殆天所賦，不可及也已。

書王梵志詩

王梵志詩云：「城外土饅頭，餡草在城裏。每人喫一箇，莫嫌無滋味。」已且爲餡草，當使誰食之？爲易其後兩句云：「預先著酒澆，圖教有滋味。」

書柳子厚詩

柳柳州《酬婁秀才寓居開元寺早秋病中見寄》：「客有故園思，瀟湘生夜愁。病依居士室，夢繞羽人丘。味道憐知止，遺名得自求。壁空殘月曙，門掩候蟲秋。謬委雙金重，難徵雜佩酬。碧霄無枉路，徒此助離憂。」元符己卯十一月十九日，忽得龍川信，寄此紙，試書此篇。

書柳子厚詩後

己卯閏九月，瓊士姜君來儋耳，日與予相從。至庚辰三月，乃以贈行書柳子厚《飲酒》、《讀書》二詩，以見別意。子歸，吾無以遺，惟一事日相與往還耳。二十一日書。

記永叔評孟郊詩

歐陽永叔嘗云：「孟東野詩『鬢邊雖有絲，不堪織寒衣』，就使堪織，能得多少。」

書太白廣武戰場詩

昔先友史經臣彥輔謂余：「阮籍登廣武而歎曰，『時無英雄，使豎子成名』，豈謂沛公豎子乎？」余曰：「非也。傷時無劉項也。豎子者，指魏晉間人耳。」其後余游京口甘露寺，有孔明、孫權、梁武、李德裕之遺迹，余感之，因題詩，其略曰：「四雄皆龍虎，遺迹了未刓。方其盛壯時，爭奪肯少安。廢興屬造物，遷逝誰控搏。況彼妄庸子，而欲事所難。聊興廣武歎，不待雍門彈。」則猶此意也。今日讀李白《廣武古戰場》詩云：「沉湎呼豎子，狂言非至公。」乃知李白亦誤認嗣宗語，與先友之意無異也。嗣宗雖放蕩，本有意於世，以魏晋間多故，一放於酒耳。何至以沛公爲豎子乎？

書退之詩

退之詩云：「我生之辰，月宿直斗。」乃知退之得磨蝎爲身宫。而僕乃以磨蝎爲命，平生多得謗譽，殆是同病也。

書黃直詩後 二首

讀魯直詩，如見魯仲連、李太白，不敢復論鄙事。雖若不入用，亦不無補於世也。

又

魯直詩文如蝤蛑、江瑶柱，格韻高絶，盤飧盡廢。然不可多食，多食則發風動氣。

書陸道士詩

陸道士惟忠字子厚，眉山人，好丹藥，通術數，能詩，蕭然有出塵之姿。久客江南，無知之者。予昔在齊安，蓋相從游，因是謁子由高安，子由大賞其詩。會吴遠之過，彼遂與俱來惠州，出此詩。

書諸公送周梓州詩後

予自元祐之初，備位從官，日與正孺游。三年，予既有江海之意，而正孺亦慨然有歸歟之歎，遂請梓州，得之。予時以詩送行，有「掃棠陰」、「踵畫像」之語。旋出領杭州二年，還朝，老病日加。方上章請郡，曰：「正孺已及瓜矣，盍往代之。遂歸老眉山乎？」或曰：「不可。梓人之安正孺甚矣，其去正孺如去父母，子其忍奪之？」乃止不敢乞。梓人願復借留正孺數年，詔許之。而大丞相呂公典領實録，見熙寧中正孺爲御史時所言事，歎曰：「君子哉斯人也。」因言于上，除正孺直秘閣。士大夫以才能論議取合一時可也，使人於十年之後徐觀其所爲，心服而無異議，我亦無愧，難矣。正孺有書來，欲刻諸公送行詩于石，求予爲跋尾。乃記所聞以遺之，且使梓人知予前詩卒章之意，未始一日忘也。

書游湯泉詩後

余之所聞湯泉七，其五則今三子之所游，與秦君之賦所謂匡廬、汝水、尉氏、麗山。其二則余之所見鳳翔之駱谷，與渝州之陳氏山居也，皆棄於窮山之中，山僧野人之所浴，麋鹿猿猱之所飲。惟麗山當往來之衝，華堂玉甃，獨爲勝絶。然坐明皇之累，爲楊、李、禄山所污，使口舌之士援筆咄罵，以爲亡國之餘辱莫大焉。今惠濟之泉，獨爲三子者咏歎如此，豈非所寄僻遠，不爲當塗者所思，而後得爲高人逸士與世異趣者之所樂乎哉。曰明皇之累，楊、李、禄山之汙，泉豈知惡之？然則幽遠僻陋之歎，亦非泉之所病也。泉固無知於榮辱，特以人意推之，可以爲抱器適用而不擇所處者之戒。

書黄子思詩集後

予嘗論書，以謂鍾、王之迹，蕭散簡遠，妙在筆畫之外。至唐顔、柳，始集古今筆法，而盡發之，極書之變，天下翕然以爲宗師，而鍾、王之法益微。至於詩亦然。蘇、李之天成，曹、劉之自得，陶、謝之超然，蓋亦至矣。而李太白、杜子美以英瑋絶世之姿，凌跨百代，古今詩人盡廢，然魏晋以來高風絶塵，亦少衰矣。李、杜之後，詩人繼作，雖間有遠韻，而才不逮意。獨韋應物、柳宗元，發纖穠於簡古，寄至味於澹泊，非餘子所及也。唐末司空圖，崎嶇兵亂之間，而詩文高雅，猶有承平之遺風。其論詩曰：「梅止於酸，鹽止於鹹，飲食不可無鹹梅，而其美常在鹽酸之外。」蓋自列其詩之有得於文字之表者二十四韻，恨當時不識其妙。予三復其言而悲之。閩人黄子思，慶曆、皇祐間號能文者，予嘗聞前輩誦其詩，每得佳句妙語，反復數四，乃識其所謂。信乎表聖之言，美在鹹酸之外，可以一唱而三歎也。予既與其子幾道、其孫師是游，得窺其家集，而子思篤行高志，爲吏有異才，見於墓誌詳矣，予不復論，獨評其詩如此。

東坡題跋卷之三

宋　眉山蘇軾　撰
明　虞山毛晋　訂

跋文忠公送惠勤詩後

始予未識歐公，則已見其詩矣。其後屢見公，得勤之爲人，然猶未識勤也。熙寧辛亥，余出倅錢塘，過汝陰見公，屢屬余致謝勤。到官不及月，以臘日見勤於孤山下，則余詩所謂「孤山孤絶誰肯廬，道人有道山不孤者」也。其明年閏七月，公薨於汝陰，而勤亦退老於孤山下，不復出游矣。又明年六月六日，偶至勤舍，出此詩，蓋公之真迹，讀之流涕，而勤請余題其後云。

書贈法通師詩

「欲識當年杜伯升，飄然雲水一孤僧。若教俯道隨韁鎖，料得而今似我能。」僕偶云：「通師子不脱屣場屋，今何爲乎？」柳子玉云：「不過似我能。」因戲作此詩。熙寧七年二月日。

題鮮于子駿八詠後

始予過益昌，子駿始漕利路。其後八年，予守膠西，而子駿始移漕京東。自朝廷更法以來，奉法之吏尤難其人，刻意則傷民，寬厚則廢法，二者其理難通。而山峽地瘠，民貧役重，其推行爲尤難。子駿世家南隆，親族故人，散處所部，以親則害法，以法則傷恩，二者其勢難全。是三難者萃於子駿，而子駿爲之九年，其聲藹然，聞之四方。上不害法，下不傷民，中不廢親。自講議措置，至於立法定制，皆成於其手，吏民舉欣欣然。而子駿亦自治園囿亭謝，賦詩飲酒，雍容有餘，如異時爲監司者。君子以是知其賢。子駿以其所作八詠寄余，余甚愛其詩，欲作而不可及，乃書其末，以遺益昌之人，使刻於石，以無忘子駿之德。

記子由詩

八月四日，與子由同來，留小詩三首。「葱蒨門前路，行穿翠密中。却來堂上看，嵓谷意無窮。」「夭嬌庭中柏，枯枝鵲踏消。瘦皮纏鶴骨，高頂轉龍腰。」「窈窕山頭井，泉通伏澗清。欲知深幾許，聽放轆轤聲。」子由和云：「岧嶢山上寺，近在古城中。苦恨河流遠，長教眼力窮。」「盤曲山前路，流年向此消。興亡須一弔，范叟臥山腰。」「孤絶山南寺，僧居無限清。不知行道處，空聽暮鍾聲。」子由詩過吾遠甚。熙寧十年八月四日子瞻。

書諸公送鳧繹先生詩後

鳧繹先生既殁三十餘年，軾始從其子復游，雖不識其人，而得其爲人。先生爲閬中主簿，以詩餞行者凡二十餘人，皆一時豪傑名勝之流。自景祐至今凡四十餘年，而凋喪殆盡，獨張君宗益在耳。懷先生之盛德，想諸賢之遺烈，悼歲月之不居，感人事之屢變，故書其末，使後生想見其風流云耳。

題文潞公詩

《送時郎中》詩云：「一從辭畫省，洊歲守坤維。久浹于藩任，常分乃睿思。六條遵漢寄，千里奉堯咨。按部壺漿擁，行春茜旆隨。握蘭班已峻，拔薤化方施。吏服蒲鞭恥，童懷竹馬期。不藏金似粟，傾降雨如絲。每見求民瘼，寧聞拾路遺。責躬還掩閤，察吏更褰帷。好續循良傳，宜刊德政碑。姦邪隨草靡，權黠望風移。渤海繩皆治，葵丘戍及期。佩牛登富庶，負虎變淳熙。雲路徵賢日，星郎拱極時。將升嚴助室，暫輟阮咸麾。挽鄧舟停水，思何詠載岐。魚城初解印，鳳闕即移墀。曲榭青雲路，離筵白紵詞。璹簪縈別恨，金酒折芳枝。從此三巴俗，多吟蔽芾詩。」軾嘗得聞潞公之語矣。其雄才遠度，固非小子所能窺測。至於學問之富，自漢以來，出入馳騁，略無遺者。下迨曲技小數，靡不究悉。雖篤學專門之師，莫能與之較。然世不以此稱公，豈勳德所掩覆故耶？今觀其幼時詩，精審研密，句句皆有所考，蓋其積之也久矣。元豐二年二月二十九日書。

自記吳興詩

僕爲吳興，有《游飛英寺》詩云：「微雨止還作，小窗幽更妍。盆山不見日，草木自蒼然。」非至吳越，不見此景也。

記所作詩

吾有詩云：「日日出東門，步尋東城游。城門抱關卒，怪我此何求。吾亦無所求，駕言寫我憂。」章子厚謂參寥曰：「前步而後駕，何其上下紛紛也。」僕聞之曰：「吾以尻爲輪，以神爲馬，何曾上下乎。」參寥曰：「子瞻文過有理，似孫子荆。子荆曰：『所以枕流，欲洗其耳。所以漱石，欲礪其齒。』」

書曹希蘊詩

近世有婦人曹希蘊者，頗能詩，雖格韻不高，然時有巧語。嘗作《墨竹》詩云：「記得小軒岑寂夜，月移疎影上東牆。」此語甚工。

記郭震詩

蜀人任介、郭震、李畋皆博學能詩，曉音律，相與爲莫逆之交。游蕩不羈，禮法之士鄙之。然皆才識過人。李順之將亂，震游成都東郊，忽賦詩曰：「今日出東郊，東郊好春色。青青原上草，莫教征馬食。」遂走京師，上書言蜀將亂，不報。期年，其言乃効。震竟不仕。介爲陝西一幕官而死。畋稍達，仕至尚書郎。震將死，其友往問之，側臥欹枕而言，其友曰：「子且正身。」震笑曰：「此行豈可復替名哉。」雖平生談諧之餘習，然亦足以見其臨死而不亂也。

評杜默詩

石介作《三豪》詩，略云：「曼卿豪於詩，永叔豪於文。杜默字師雄者，豪於歌也。」永叔亦贈默云：「贈之三豪篇，而我濫一名。」默之歌，少見於世，初不知之。後聞其篇云：「學海門前老龍，天子門前大蟲。」皆此等語。甚矣，介之無識也。永叔不欲嘲笑之者，此公惡爭名，且爲介諱也。吾觀杜默豪氣，正是東京學究飲私酒、食瘴死牛肉，飽後所發者也。作詩狂怪，至盧仝、馬異極矣，若更求奇，便作杜默。

書翟遵度詩

「佳城鬱鬱頽寒煙，飢雛乳獸號荒阡。夜臥北斗寒掛枕，霜拱木落雁橫天。浮雲西去不復返，落日東逝隨長川。乾坤未死吾尚在，肯與蟪蛄論大年。」翟遵度自兒童已能屬文，落落有聲。一夕夢子美誦平生所爲詩，皆集中所無者，覺而記兩句，後遂續之云耳。

題子明詩後 并魯直跋

吾兄子明舊能飲酒，至二十蕉葉乃稍醉。與之同游者，眉之蟇頤山觀侯老道士，歌謳而飲。方是時，其豪氣逸韻，豈知天地之大、秋毫之小耶。不見十五年，乃以刑名政事著聞於蜀，非復昔日之子明也。姪安節自蜀來，云子明飲酒不過三蕉葉。吾少年望見酒盞而醉，今亦能三蕉葉矣。然舊學消亡，夙心掃地，枵然爲世之廢物矣。乃知二者有得必有喪，未有兩獲者也。

老道士蓋子瞻之從叔，蘇慎言也，今年有孫汝楫登進士第。東坡自云飲三蕉葉，亦是醉中語。余往與東坡飲一人家，不能一大觥，醉眠矣。魯直題。

題和王鞏六詩後

僕文章雖不逮馮衍，而慨慷大節乃不愧此翁。衍逢世祖英睿好士，而獨不遇，流離擯逐，與僕相似。而衍妻悍妒甚，僕少此一事，故有「勝敬通」之句。

題陳吏部詩後

故三司副使吏部陳公，軾不及見其人。然少時所識一時名卿勝士，多推尊之。

邇來前輩凋喪略盡，能稱誦公者漸不復見，得其緒言遺事，皆當記録寶藏，況其文章乎。公之孫師仲録公之詩二十五篇以示，軾三復太息，以想見公之大略云。

書贈陳季常詩

余謫黃州，與陳慥季常往來，每過之輒作「汁」字韻詩一篇。季常不禁殺，故以此諷之。季常既不復殺，而里中皆化之，至有不食肉者，皆云「未死神已泣」，此語使人凄然也。

書遵師詩

游湯泉，覽留題百餘篇，獨愛遵師一偈云：「禪庭誰作石龍頭，龍口湯泉沸不休。直待衆生塵垢盡，我方清冷混常流。」戲作一絶答云：「石龍有口口無根，自在流泉誰吐吞。若信衆生本無垢，此泉何處覓寒温。」元豐七年五月十三日。

書葛道純詩後

「淙流絶壁散，靈煙翠洞深。嵓際松風清，飄飄洒塵襟。觀蘿玩猿鳥，解組傲園林。茶果邀真侶，觴酌洽同心。曠歲懷茲賞，行春始重尋。聊將橫吹笛，一寫山水音。」與高安葛格道純同游廬山簡寂觀，道純誦此詩，請書之石。元豐七年五月十九日，汝州團練副使蘇軾和仲。

書子由金陵天慶觀詩

「興廢不可必，冶城今靜祠。松聲聞道路，竹色淨軒墀。江近風雲改，庭深草木滋。孤墳弔遺直，銘暗閔元規。」元豐三年四月，家弟子由過此留詩，十年七月十六日爲書之壁。

書子由絕勝亭詩

「夜郎秋漲水連空，上有虛亭縹緲中。山滿長天宜落日，江吹曠野作驚風。爨煙慘淡浮前浦，漁艇縱横逐釣筒。未省岳陽何似此，應須子細問南公。」蜀州新建絕勝亭，舍弟十九歲作。

跋翰林錢公詩後

軾齠齔入鄉校，即誦公詩。今得觀其遺跡，幸矣。元豐八年正月二十日。

題別子由詩後

「先君昔愛洛城居，我今亦過嵩山麓。水南卜築吾豈敢，試向伊川買修竹。又問緱山好泉眼，傍市穿林瀉水玉。想見茅簷照水開，兩翁相對清如鵠。」元豐七年，余自黃遷汝，往別子由於筠，作數詩留別，此其一也。其後雖不過洛，而此意未忘。因康君郎中歸洛，書以贈之。元祐元年三月十六日軾書。

跋歐陽寄王太尉詩後

「豐樂坡前一醉翁，餘齡有幾百憂攻。平生自恃心無愧，直道誠知世不容。換骨莫求丹九轉，榮名何待禄千鍾。明年今日如尋我，潁水東西問老農。」此歐陽文忠公寄太尉懿敏王公詩。軾與公之子定國、定國姪孫子發、張彥若同游寶梵，定國誦此詩以遺詩人戴仲達。仲達，嘗從文忠公者也。元祐元年四月門生蘇軾書。

書黃魯直詩後

每見魯直詩文，未嘗不絕倒，然此卷語妙，殆非悠悠者所識能絕倒者也，是可人。元祐元年八月二十二日，與定國子由同觀。

又

讀魯直詩，如見魯仲連、李太白，不敢復論鄙事，雖若不適用，然不爲無補於世。

記董傳論詩

故人董傳善論詩，予嘗云杜子美不免有凡語，「已知仙客意相親，更覺良工心獨苦」，豈非凡語耶？ 傳笑曰：「此句殆爲君發。 凡人用意深處，人罕能識，此所以爲獨苦，豈獨畫哉。」

書參寥論杜詩

參寥子言老杜詩云：「楚江巫峽半雲雨，清簟疎簾看奕棊。 此句可畫，但恐畫不就爾。」僕言公禪人，亦復愛此綺語耶？ 寥云：「譬如不事口腹人，見江瑶柱，豈免一朵頤哉。」

記少游論詩文

秦少游言人才各有分限，杜子美詩冠古今，而無韻者殆不可讀。 曾子固以文名天下，而有韻者輒不工。此未易以理推之也。

題李伯祥詩

眉山矮道士李伯祥好爲詩，詩格亦不甚高，往往有奇語。如「夜過修竹寺，醉打老僧門」之句，皆可愛也。余幼時嘗見，余歎曰：「此郎君貴人也。」不知其何以知之。

書緑筠亭詩

「愛竹能延客，求詩剩挂墻。風梢千纛亂，日影萬夫長。谷鳥驚碁響，山蜂識酒香。只應陶靖節，解聽北窗凉。」清獻先生嘗求東坡居士作《緑筠亭詩》，曰此吾鄉人梁處士之居也。後二十五年乃見處士之子琯，請書此本。紹聖二年四月十三日。

題王晉卿詩後

晉卿爲僕所累，僕既謫齊安，晉卿亦謫武當。飢寒窮困，本書生常分，僕處不戚戚固宜。獨怪晉卿以貴公子罹此憂患，而不失其正，詩詞益工，超然有世外之樂，此孔子所謂「可與久處約長處樂」者。元祐元年九月八日。

書黃泥坂詞後

余在黃州，大醉中作此詞，小兒輩藏去稿，醒後不復見也。前夜與黃魯直、張文潛、晁无咎夜坐，三客翻倒几案，搜索篋笥，偶得之，字半不可讀，以意尋究，乃得其全文。潛喜甚，手録一本遺余，持元本去。明日得王晉卿書云：「吾日夕購子書不厭，近又以三縑博兩紙，子有近書，當稍以遺我，毋多費我絹也。」乃用澄心堂紙、李承晏墨書此遺之。元祐元年十一月二十一日。

題憩寂圖詩 并魯直跋

元祐元年正月十二日，蘇子瞻、李伯時爲柳仲遠作《松石圖》。仲遠取杜子美詩「松根胡僧憩寂寞，龐眉皓首無住着。偏袒右肩露雙脚，葉裹松子僧前落」之句，復求伯時畫此數句爲《憩寂圖》。子由題云：「東坡自作蒼蒼石，留取長松待伯時。只有兩人嫌未足，兼收前世杜陵詩。」因次其韻云：「東坡雖是湖州派，竹石風流各一時。前世畫師今姓李，不妨題作輞川詩。」文與可嘗云：「老夫墨竹一派，近在徐州，吾竹雖不及，石似過之。」此一卷公案，不可不令魯直下一句。

或言子瞻不當目伯時爲前身畫師，流俗人不領，便是詩病。伯時一丘一壑不減古人，誰當作此癡計？子瞻此語是真相知。魯直書。

題張安道詩後

「因嗟萍梗才名客，自歎匏瓜老病身。一榻從茲還倚壁，不知重掃待何人。」元豐三年，家弟子由謫官筠州，張安道口占此詩爲別，已而涕下。安道平生未嘗出涕向人也。元祐二年十二月，薨於南都，將屬纊，問後事，但言伸意子瞻兄弟。是月十一日舉哀薦福禪院，録此詩留院中。

書張芸叟詩

張舜民芸叟，邠人也，通練西事，稍能詩。從高遵裕西征，回塗中作詩二絶，一云：「靈州城下千株柳，總被官軍斫作薪。他日玉關歸去路，將何攀折贈行人。」一云：「青岡峽裏常州路，十去從軍九不回。白骨似沙沙似骨，將軍休上望鄉臺。」爲轉運判官李察所奏，貶郴州監税。舜民言官軍圍靈武不下，糧盡而退，西人從城上呼「官軍漢人兀攃否」？或仰而答曰「兀攃」。城上皆大笑。西人謂「慚」爲「兀摖」也。

書試院中詩

元祐三年二月二十一日，領貢舉事，辟李伯時爲考校官。三月初，考校既畢，待諸廳參會，故數往詣伯時。伯時苦水悸，愊愊不欲食，作欲碾馬以排悶。黄魯直詩先成，遂得之。魯直詩云：「儀鸞供帳饕蝨行，翰林濕薪爆竹聲，風簾官燭淚從横。木穿石盤未渠透，坐窗不邀令人瘦，貧馬百囓逢一豆。眼明見此玉花驄，徑思著鞭隨詩翁，城西野桃尋小紅。」子瞻次韻云：「少年鞍馬勤遠行，夜聞囓草風雨聲，見此忽思短策横。千重故紙鑽未透，那更陪君作詩瘦，不知芋魁歸飯豆。門前欲嘶御史驄，詔恩三日休老翁，羨君懷中雙橘紅。」蔡天啟、晁無咎、舒堯文、廖明略皆繼此，不能盡録。予又戲作絶句：「竹頭搶地風不舉，文書堆案睡自語。看馬欲輾頓風塵，亦思歸家洗袍袴。」伯時笑曰：「有頓塵馬欲入筆。」疾取紙來寫之，後三月六日所作，皆是也。眉山蘇軾書。

書鬼仙詩

「忽然湖上片雲飛，不覺中流雨濕衣。折得荷花渾忘却，空將荷葉蓋頭歸。」「江上檣竿一百尺，山中樓臺十二重。山僧樓上望江上，遥指檣竿笑殺儂。」「湘中老人讀黄老，手援紫藟坐碧草。春至不知湘水深，日暮忘却巴陵道。」「爺孃送我青楓根，不記青楓幾回落。當時手刺衣上花，今日爲灰不堪著。」「浦口潮來初渺浸，蓮舟溶漾採花難。芳心不愜空歸去，會待潮平更折看。」「酒盡君莫沽，壺傾我當發。城市多囂塵，還山弄明月。」「卜得上峽日，秋江風浪多。巴陵一夜雨，腸斷木蘭歌。」「寒草白露裏，亂山明月中。是夕苦吟罷，寒燭與君同。」元祐三年二月二十五日夜，與魯直、壽朋、天啓會于伯時齋舍，此一卷皆仙鬼作，或夢中所作也。又記《太平廣記》中有人爲鬼物所引，入墟墓，皆華屋洞户，忽爲劫墓者所驚，出遂失所見，但云「芫花半落，松風晚清」。吾每愛此兩句，故附之書末。

記白鶴觀詩

昔游中州白鶴觀，壁上高絶處有小詩，不知何人題也。詩云：「仙人未必皆仙去，還在人間人不知。手把白髦從兩鹿，相逢聊問姓名誰。」

記關右壁間詩

「欲掛衣冠神武門，先尋水竹渭南村。却將舊斬樓蘭劍，買得黄牛教子孫。」余舊見此詩於關右壁間，愛之，不知何人詩也。

記西邸詩

余奉使西邸，見書此數句，愛而録之云。「人間有漏仙，兀兀三杯醉。世上無眼禪，昏昏一枕睡。雖然没交涉，其奈略相似。相似尚如此，何況真箇是。」

書出局詩

「急景歸來早，濃陰晚不開。傾杯不能飲，待得卯君來。」今日局中早出，陰晦欲雪，而子由在户部，晚出，作此數句。忽記十年前在彭城時，王定國來相過，留十餘日還南都。時子由爲宋幕，定國臨去求家書，僕醉不能作，獨以一絶與之云：「王郎西去路漫漫，野店無人霜月寒。淚濕粉牋書不得，憑君送與卯君看。」卯君，子由小名也。今日情味雖差勝彭城，然不若同歸林下，夜雨對床，乃爲樂耳。元祐三年十月二十三日。

評詩人寫物

詩人有寫物之功，「桑之未落，其葉沃若」，他木殆不可以當此。林逋梅花詩云：「疎影横斜水清淺，暗香浮動月黄昏。」決非桃李詩。皮日休白蓮花詩云：「無情有恨何人見，月曉風清欲墮時。」決非紅梅詩。此乃寫物之功。若石曼卿紅梅詩云：「認桃無緑葉，辨杏有青枝。」此至陋語，蓋村學中體也。元祐三年十二月六日書付過。

評七言麗句

七言之偉麗者，杜子美云：「旌旗日暖龍蛇動，宫殿風微燕雀高。」「五更曉角聲悲壯，三峽星河影動摇。」爾後寂寞無聞焉。直至歐陽永叔「滄波萬古流不盡，白鶴雙飛意自閒。」「萬馬不嘶聽號令，諸蕃無事樂耕耘。」可以竝驅爭先矣。軾亦云：「令嚴鐘鼓三更月，野宿貔貅萬竈煙。」又云：「露布朝馳玉關塞，捷書夜到甘泉宫。」亦庶幾焉爾。

讀文宗詩句

「人皆苦炎熱，我愛夏日長。薰風自南來，殿閣生微涼。」世未有續之者。予亦有詩云：「臥聞疎響梧桐雨，獨詠微涼殿閣風。」

書辨才次韻參寥詩

「嵓栖木食已皤然，交舊何人慰眼前。素與晝公心印合，每思秦子意珠圓。當年步月來幽谷，柱杖穿雲冒夕煙。臺閣山林本無異，故應文字未離禪。」辯才作此詩，時年八十一矣。平生不學作詩，如風吹水，自成文理，而參寥與吾輩詩，乃如巧人織繡耳。

書參寥詩

僕在黃州，參寥自吳中來訪，館之東坡。一日夢見參寥所作詩，覺而記其兩句云：「寒食清明都過了，石泉槐火一時新。」後七年僕出守錢塘，而參寥始卜居西湖智果院。院有泉出石縫間，甘冷宜茶。寒食之明日，僕與客泛湖，自孤山來謁參寥，汲泉鑽火，烹黃蘖茶。忽悟所夢詩，兆於七年之前，衆客皆驚歎。知傳記所載，非虛語也。元祐五年二月二十七日書。

記謝中舍詩

寇元弼言：「去歲徐州倅李陶有子，年十七八，素不甚作詩。忽詠落梅詩云：『流水難窮目，斜陽易斷腸。誰同研光帽，一曲舞山香。』父驚問之，若有物憑附者。自云是謝中舍。問研光帽事，云西王母宴群臣，有舞者戴研光帽，帽上簪花，舞山香一曲未終，花皆落云。」

書蘇子美金魚詩

舊讀蘇子美《六和寺》詩云：「松橋待金魚，竟日獨遲留。」初不諭此語。及倅錢塘，乃知寺後池中有此魚，如金色也。昨日復游池上，投餅餌，久之乃略出，不食復入，不可復見。自子美作詩，至今四十餘年，子美已有遲留之語，苟非難進易退而不妄食，安能如此壽耶。

題張子野詩集後

張子野詩筆老妙，歌詞乃其餘技耳。《華州西溪》云：「浮萍破處見山影，小艇歸時聞草聲。」與余和詩云：「愁似鰥魚知夜永，懶同胡蝶爲春忙。」若此之類，皆可以追配古人。而世俗但稱其歌詞。昔周昉畫人物，皆入神品，而世俗但知有周昉《士女》。皆所謂未見好德如好色者歟？元祐五年四月二十一日。

書所和回先生詩

回先生詩云：「西鄰已富憂不足，東老雖貧樂有餘。白酒釀來因好客，黄金散盡爲收書。」東坡居士和云：「世俗何知貧是病，神仙可學道之餘。但知白酒留佳客，不問黄金覓素書。」熙寧元年八月十九日，有道人過沈東老飲酒，用石榴皮寫句壁上，自稱回山人。東老送之出門，至石橋上，先渡橋數十步，不知其所往。或曰此吕先生洞賓也。七年，僕過晉陵，見東老之子偕道其事，時東老已没三年矣，爲和此詩。其後十六年，復與偕相遇錢塘，更爲書之。偕字君與，有文行，世其家云。元祐五年五月二十五日，東坡先生書。

記里舍聯句

幼時里人程建用、楊堯咨、舍弟子由會學舍中，大雨，聯句六言。程云：「庭松偃仰如醉。」楊即云：「夏雨凄凉似秋。」余云：「有客高吟擁鼻。」子由云：「無人共喫饅頭。」坐皆絶倒。今四十餘年矣。

題鳳山詩後

楊君詩殊有可觀之言，長韻尤可喜，然求免於寒苦而不可得。悲夫，此道之不售於世也久矣。

題歐陽公送張著作詩後

詩中雖不著歲月，有「厭京已弄春」之語，是則自洛還館中未久，去夷陵之行無幾矣。元祐六年東坡居士觀於汝南東閣。

書潁州禱雨詩

元祐六年十月，潁州久旱。聞潁上有張龍公神祠，極靈，與乃齋戒，遣男迨與州學教授陳履常往禱之。迨亦頗信道教，沐浴齋居而往。明日，當以龍骨至，天色少變。二十六日，景貺、履常、二歐陽作詩云：「後夜龍作雲，天明雪填渠。」夢回聞剥啄，誰呼趙陳予。」景貺拊掌曰：「句法甚新，前此未有此法。」季默曰：「有之。長官請客吏請客，目曰主簿、少府、我，即此語也。」相與笑語至三更。歸時星斗燦然，就枕未幾，而雨已鳴簷矣。至朔旦日，作五人者復會於郡齋，既感歎龍公之威德，復嘉詩語之不謬。季默欲書之，以爲異日一笑。是日景貺出迨詩云：「吾儕歸臥髀骨裂，會友攜壺勞行役。」僕笑曰：「是男也好勇過我。」

書李簡夫詩集後

孔子不取微生高，孟子不取於陵仲子，惡其不情也。陶淵明欲仕則仕，不以求之爲嫌，欲隱則隱，不以去之爲高，飢則扣門而乞食，飽則雞黍以延客，古今賢之，貴其真也。李公簡夫以文學政事有聞於天聖以來，而謝事退居於嘉祐之末、熙寧之初。平生不眩於聲利，不戚於窮約，安於所遇而樂之終身者，庶幾乎淵明之真也。熙寧三年，軾始過陳，欲求見公，而公病矣。後二十年，得其手録詩七十篇於其孫公輔，讀之太息曰：「君子哉，若人今亡矣夫。」元祐六年十二月初四日。

題梅聖俞詩後

「驛使前時走馬回，北人初識越人梅。清香莫把酴醿比，祇欠溪頭月下杯。」梅二丈長身秀眉，大耳紅頰，飲酒過百盞，輒正坐高拱，此其醉也。吾雖後輩，猶及與之周旋，覽其親書詩，如見其抵掌談笑也。元祐七年七月二十二日。

跋再送蔣穎叔詩後

穎叔未有帥洮之命，作扈駕詩，軾和之，有「游魂」之句，遂成吟讖。正月十六日，偶謁錢穆父，作小詩寫之扇上。穎叔、穆父、仲至皆和，軾亦再賦，請穎叔收此扇與此軸。旋復迎勞，吾詩之必讖也。

記寶山題詩

予昔在錢塘，一日晝寢於寶山僧舍，起題其壁云：「七尺頑軀走世塵，十圍便腹貯天真。此中空洞全無物，何止容君數百人。」其後有數小子亦題名壁上，見者乃謂予誚之也。周伯仁所謂君者，乃王茂弘之流，豈此等輩哉。世子多諱，蓋僭者也。吾嘗作《李太白真贊》云：「生平不識高將軍，手污吾足乃敢瞋。」吾今復書此者，欲使後之小人少知自揆也。

書石芝詩後

山中教授馬君，文登人也，蓋嘗得石芝食之，故作此詩。同賦一篇，目昏不能多書，令小兒執筆，獨題此數字。

書蜀僧詩

王中令既平蜀，捕逐餘寇，與部隊相遠。飢甚，入一村寺中，主僧醉甚，箕踞，公怒欲斬之，僧應對不懼，公奇而赦之，問求蔬食。僧對曰：「有肉無蔬。」公益奇之。餽以蒸猪頭，食之甚美。公喜，問僧：「止能飲酒食肉耶？爲他有技也？」僧自言能爲詩，公命賦蒸豚，操筆立成，云：「嘴長毛短淺含臕，久向山中食藥苗。蒸處已將蕉葉裹，熟時兼用杏漿澆。紅鮮雅稱金盤飣，軟熟真堪玉筋挑。若把氊根來比竝，氊根自合喫藤條。」公大喜，與紫衣師號。元祐九年二月十三日，偶與公之玄孫訥道此，因記之。

書彭城觀月詩

「暮雲收盡溢清寒，銀漢無聲轉玉槃。此生此夜不長好，明月明年何處看。」余十八年前中秋夜，與子由觀月彭城，作此詩以陽關歌之。今復此夜，宿於贛上，方遷嶺表，獨歌此曲，聊復書之，以識一時之事，殊未覺有今夕之悲，懸知有他日之喜也。

記樂天詩西掖通東省詩

元祐元年，予爲中書舍人。時執政患本省事多漏泄，欲以舍人廳後作露籬，禁同省往來。予白執政，應須簡要清通，何必樹籬插棘。諸公笑而止。明年竟作之。暇日偶讀《樂天集》，有云：「西省北院新搆小亭，種竹開窗，東通騎省，與李常侍隔窗小飲作詩。」乃知唐時得西掖作窗以通東省，而今日本省不得往來，可歎也。

書潤州道上詩

「行歌野哭兩堪悲，遠火低星漸向微。病眼不眠非守歲，鄉音無伴苦思歸。重衾脚冷知霜重，新沐頭輕感髮稀。只有殘燈不嫌客，孤舟一夜許相依。」僕時三十九歲，潤州道中值除夜而作，後二十年在惠州守歲，録付過。

書李主詞

「三十餘年家國，數千里地山河。幾曾慣干戈。一旦歸爲臣虜，沈腰潘鬢消磨。

最是蒼皇辭廟日，教坊猶奏別離歌。揮淚對宮娥。」後主既爲樊若水所賣，舉國與人，故當慟哭於九廟之外，謝其民而後行。顧乃揮淚宮娥，聽教坊離曲哉。

題秧馬歌後

惠州博羅縣令林君抃，勤民恤農，僕出此歌以示之，林君喜甚，躬率田者製作閱試，以謂背雖當如覆瓦，然須起首尾如馬鞍狀，使前却有力。今惠州民皆已施用，甚便之。念浙中稻米幾半天下，獨未知爲此，而僕又有薄田在陽羨，意欲以教之。適會衢州進士梁君琯過我而西，乃得指示，口授其詳。歸見張秉道，可備言範式尺寸及乘馭之狀，仍製一枚傳之吳人，因以教陽羨兒子，尤幸也。本欲作秉道書，又懶，此間諸事可問，梁君具詳也。試更以示西湖智果妙總禪師參寥子，以發萬里一笑，尤佳也。紹聖二年四月二十二日軾書。

又

林博羅又云：「以榆棗爲腹患其重，當以梔木則滑而輕矣。」又云：「俯傴秧田，非獨腰脊之苦，而農夫例於脛上打洗秧根，積久皆至瘡爛。今得秧馬，則又於兩小頰子上打洗，又完其脛矣。」

又

翟東玉將令龍川，從予求秧馬式而去。此老農之事，何足云者，然已知其志之在民也。願君以古人爲師，使民不畏吏，則東作西成，不勸而自力，是家賜之牛而人予之種，豈特一秧馬之比哉。

又

吾嘗在湖北見農夫用秧馬行泥中，極便，頃來江西，作《秧馬歌》以教人，罕有從者。近讀《唐書·回鶻部族黠戞斯傳》，其人以木馬行水上，以板薦之，以曲木支腋下，一蹴輒百餘步，意殆與秧馬類歟？聊復記之，異日詳問其狀，以告江南人也。

書陸道士詩

江南人好作盤游飯，鮓脯膾炙無不有，然皆埋之飯中，故里諺云：「撅得窖子。」羅浮潁老取凡飲食雜烹之，名「谷董羹」，坐客皆稱善。詩人陸道士遂出一聯句云：「投醪谷董羹鍋裹，撅窖盤游飯碗中。」東坡大喜，乃爲録之，以付江秀才收，爲異時一笑。吴子野云：「此羹可以澆佛。」翟夫子無言，但噉唾而已。丙子十二月八日。

記劉景文詩

劉季孫景文，平之子也。慷慨奇士，博學能詩。僕薦之，得隰州以歿，哀哉。嘗有詩寄僕曰：「四海共知霜鬢滿，重陽能插菊花無。」死之日，家無一錢，但有書三萬軸，畫數百幅耳。

書景文詩後

景文有英偉氣，如三國時士陳元龍之流，讀此詩可以想見其人。以中壽没於隰州，哀哉，哀哉。曇秀，學道離愛人也，然常出其詩，與余相對泣下。丁丑正月六日。

書曇秀詩

予在廣陵，與晁無咎、曇秀道人同舟送客山光寺，客去予醉卧舟中，曇秀作詩云：「扁舟乘興到山光，古寺臨流勝氣藏。慚愧南風知我意，吹將草木作天香。」予和云：「閒裏清游借隙光，醉時真境發天藏。夢回拾得吹來句，十里南風草木香。」

予昔對歐陽文忠公誦文與可詩云：「美人却扇坐，羞落庭下花。」公云：「此非與可詩，世間元有此句，與可拾得耳。」後三年秀來惠州見予，偶記此事。

記虜使誦詩

昔余與北使劉霄會食，霄誦僕詩云：「痛飲從今有幾日，西軒月色夜來新。公豈不飲者耶？」虜亦喜吾詩，可怪也。

書邁詩

兒子邁幼時嘗作《林檎》詩云：「熟顆無風時自脱，半腮迎日鬭先紅。」於等輩中亦號有思致者。今已老，無他技，但亦時出新句也。嘗作酸棗尉，有詩云：「葉隨流水歸何處，牛帶寒鴉過別村。」亦可喜也。

書韓魏公黄州詩後

黄州山水清遠，土風厚善，其民寡求而不爭，其士靜而文，朴而不陋，雖閭巷小民知尊愛賢者，曰：「吾州雖遠小，然王元之、韓魏公嘗辱居焉。」以誇於四方之人。元之自黄遷蘄州，没於蘄，然世之稱元之者必曰黄州，而黄人亦曰「吾元之也」。魏公去黃四十餘年，而思之不忘，至以爲詩。夫賢人君子，天之所以遺斯民，天下之所共有，而黃人獨私以爲寵，豈其尊德樂道，獨異於他邦也歟？抑二公與此州之人有宿昔之契？不可知也。元之爲郡守，有德於民，民懷之不忘也固宜。魏公以家艱從其兄居耳，民何自知之？《詩》云：「有匪君子，如金如錫，如圭如璧。」金錫圭璧之所在，瓦石草木被其光澤矣，何必施於用？奉議郎孫賁公素，黃人也，而客於公。公知之深，蓋所謂教授書記者也。而軾亦公之門人，謫居於黃五年，治東坡，築雪堂，蓋將老焉，則亦黃人也。於是相與募公之詩，而刻之石，以爲黃人無窮之思，而吾二人者亦庶幾託此以不忘乎。元豐七年十月二十六日，汝州團練副使蘇軾記。

記參寥詩

昨夜夢參寥師手攜一軸詩見過，覺而記其《飲茶》詩兩句云：「寒食清明都過了，石泉槐火一時新。」夢中問：「火固新矣，泉何故新？」答云：「俗以清明淘井。」當續成一詩，以記其事。

書王太尉送行詩後

杜衍　賈黯　宋敏求　司馬光　王安石　蘇渙　王疇
邵亢　元絳　王純臣　呂夏卿　張瓌　何涉　謝仲弓
陳洙　胡恢　王舉正　趙槩　張揆　曾公亮　王珪
王洙　曾公定　胡宿　范鎮　李復圭　張芻　吳幾復
范百之　晁仲衍　石揚休　李絢　宋敏脩

右三十三人。

丁度　郭勸　齊廓　馬仲甫　令狐挺　施昌言　呂居簡
孫沔　劉瑾　馮浩　黃灝　韓鐸　李師中　辛若渝
李壽朋　劉參　張師中　李先　楚泰　洪亶　周延雋
錢延年　解賓王　黃從政　孟詢　閻顒　謝徽　張孜
吳可幾　范寬之　張中庸　鮑光　閔從周

右三十三人。

送行詩上下二卷，凡六十有六人。慶曆、皇祐間，朝廷號稱多士，故光禄卿贈太尉王公挂冠歸江陵，作詩紀行者多一時之傑。嗚呼，唐虞之際，於斯爲盛。非獨以見王公取友之端，亦足以知朝廷得士之美也。昔柳宗元記其先友六十七人於墓碑之陰，考之於史，卓然知名者蓋二十人。宗元曰：「先君之所友，天下之善士舉集焉。」余於王公亦云。元符元年十月初七日。

跋黔安居士漁父詞

魯直作此詞，清新婉麗，問其得意處，自言以水光山色替其玉肌花貌，此乃真得漁父家風也。然才出新婦磯，又入女兒浦，此漁父無乃大瀾浪乎？

記臨江驛詩

「淮西功業冠吾唐，吏部文章日月光。千載斷碑人膾炙，不知世有段文昌。」「李白當年流夜郎，中原無復漢文章。納官贖罪人何在，志士臨風淚數行。」紹聖間臨江軍驛壁上得此詩，不知誰氏子作也。

記沿流館詩

「簾卷窗穿户不扃，隙塵風葉亂縱橫。幽人睡足誰呼覺，欹枕床前有月明。」紹聖間人得此詩於沿流館中，不知何人詩也。今録之以益篋笥之藏。

書羅浮五色雀詩

羅浮有五色雀，以絳羽爲長，餘皆從之。東西俗云，有貴人入山則出。余安道有詩云：「多謝珍禽不隨俗，謫官猶作貴人看。」余過南華亦見之。海南人則謂之鳳凰，云久旱而見，則雨潦則反是。及謫儋耳，亦嘗集於城南所居。余今日游進士黎威家，又集庭下，鏘然和鳴，回翔久之。余舉酒囑之：「汝若爲余來者，當再集也。」已而果然。

書秦少游挽詞後

庚辰歲六月二十五日，予與少游相别於海康，意色自若，與平日不少異。但自作挽詞一篇，人或怪之。予以謂少游齊死生、了物我，戲出此語，無足怪者。已而北歸至藤州，以八月十二日卒於光化亭上。嗚呼，豈亦白知當然者耶？乃録其詩云。

書聖俞贈歐陽閎詩後

「客心如萌芽，忽與春風動。又隨落花飛，去作江南夢。我家無梧桐，安可久留鳳。鳳栖在桂林，烏哺不得共。無忘桂枝榮，舉酒一以送。」右宛陵先生梅聖俞詩。先君與聖俞游，時余與子由年甚少，世未有知者聖俞，極稱之。家有老人泉，聖俞作詩曰：「泉上有老人，隱見不可常。蘇子居其間，飲水樂未央。泉中若有魚，與子同倘佯。泉中苟無魚，子特玩滄浪。歲月不知老，家有雛鳳凰。百鳥戢羽翼，不敢呈文章。去爲仲尼歎，出爲盛時翔。方今天子聖，無滯彼泉傍。」聖俞没今四十年矣。南遷過合浦，見其門人歐陽晦夫，出所爲《送行詩》。晦夫年六十六，予尚少一歲，鬚鬢皆皓然，固窮亦略相似，於是執手大笑曰：「聖俞之所謂鳳者，例皆如是哉。」天下皆言聖俞以詩窮，吾二人者又窮於聖俞，可不大笑乎。元符三年月日書。

書王公峽中詩刻後

軾蜀人，往來古信州，山川草木可以默數。老病流落，無復歸日。冥蒙奄靄，時發於夢想而已。庚辰歲，蒙恩移永州，過南海，見部刺史王公進叔，出先太尉峽中石刻諸詩，反復玩味，則赤甲、白鹽、灩澦、黄牛之狀，凜然在人目中矣。十月十六日軾書。

書石曼卿詩筆後

范文正公《祭曼卿文》，其略曰：「曼卿之才，大而無媒。不登公卿，善人是哀。曼卿之詩，氣豪而奇。大愛杜甫，酷能似之。曼卿之筆，顔筋柳骨。散落人間，寶爲神物。曼卿之心，浩然無機。天地一醉，萬物同歸。不見曼卿，憶兮如生。希世之人，死於神明。」方此時，世未有言曼卿爲神仙事。後十餘年，乃有芙蓉之説，不知文正公偶然之言乎，抑亦有以知之也？元符三年十月十六日書。

書馮祖仁父詩後

國家承平百餘年，嶺海間學者彬彬出焉。時余襄公既没，未有甚顯者，豈張九齡、姜公輔獨出於唐乎？真楊馮氏多賢有文者，河源令齊參祖仁出其先君子詩七篇，燦然有唐人風，方知祖仁之賢，蓋有自云。元符三年十一月十九日。

書程全父詩後

讀其詩，知其爲君子，如天佯豈易得哉？予識之於罪謫之中，不獨無以發揚其人，適足以污累之。乃書以屬過子善藏之，異時必有知此子者。元符三年十二月日。

書蘇養直詩

「屬玉雙飛水滿塘，菰蒲深處浴鴛鴦。白蘋滿棹歸來晚，秋着蘆花一岸霜。扁舟繫岸依林樾，蕭蕭兩鬢吹華髮。萬事不理醉復醒，長占煙波弄明月。」此篇若置在太白集中，誰復疑其非也。乃吾宗養直所作《清江曲》云。建中靖國元年三月二日。

書秦少游詞後

少游昔在虔州，嘗夢中作詞云：「山路雨添花，花動一山春色。行到小溪深處，有黄鸝千百。飛雲當面化龍蛇，夭矯轉空碧。醉臥古藤陰下，了不知南北。」供奉官儂君沔居湖南，喜從遷客游，尤爲吕元鈞所稱，又能誦少游事甚詳，爲余道此詞至流涕，乃録本使藏之。建中靖國元年三月二十一日。

題楊朴妻詩

真宗東封還，訪天下隱者，得杞人楊朴，能爲詩。召對，自言不能，上問「臨行有人作詩送否」，朴言「無有，惟臣妻一絶」。云：「且休落託貪杯酒，更莫猖狂愛詠詩。今日捉將官裏去，這回斷送老頭皮。」上大笑放還山，命其子一官就養。余在湖州，坐作詩追赴詔獄。妻子送余出門皆哭。無以語之，顧老妻曰：「子獨不能如楊處士妻作一詩送我乎？」妻不覺失笑，予乃出。又昔年過洛，見李公柬之，言楊朴妻贈行一絶，因覽魏處士詩，偶復記之。

書章詧詩

章詧字隱之，本閩人，遷於成都數世矣。善屬文，晚用太守王素薦，賜號冲退處士。一日夢有人寄書召之，云東嶽道士書也。明日與李士寧游青城，濯足水中，哈謂士寧曰：「脚踏西溪流去水。」士寧答曰：「手持東嶽送來書。」詧大驚，不知其所自也，未幾詧果死。

書過送曇秀詩後

「三年避地少經過，十日論詩喜琢磨。自欲灰心老南岳，猶能藺足慰東坡。來時野寺無魚鼓，去後閒門有雀羅。從此期師真似月，斷雲時復掛星河。」僕在廣陵作詩送曇秀云：「老芝如雲月，烱烱時一出。」今曇秀復來惠州見余，余病已絶不作詩，兒子過粗能搜句，時有可觀，此篇殆咄咄逼老人矣，特爲書之，以滿行橐。丁丑正月二十一日。

書歐陽公黄牛廟詩後

右歐陽文忠公爲峽州夷陵令日所作《黄牛廟》詩也，軾嘗聞之於公：「予昔以西京留守推官爲館閣校勘，時同年丁寶臣元珍適來京師，夢與予同舟泝江，入一廟中，拜謁堂下。予班元珍下，元珍固辭，予不可，方拜時，神像爲起鞠躬堂下，且使人邀予上，耳語久之。元珍私念，神亦如世俗，待館閣乃爾異禮耶？既出門，見一馬隻耳，覺而語予，固莫識也。不數日，元珍陳除峽州判官，已而余亦貶夷陵令。日與元珍處，不復記前夢云。一日與元珍泝峽謁黄牛廟，入門惘然皆夢中所見。予爲縣令，固班元珍下，而門外鐫石爲馬缺一耳，相視大驚。乃留詩廟中，有『石馬繫祠門』之句，蓋私識其事也。」元豐五年，軾謫居黄州，宜都令朱君嗣先見過，因語峽中山水偶及之。朱君請書其事與時，當刻石於廟，使人知進退出處，皆非人力，如石馬一耳，何與公事，而亦前定，況其大者？公既爲神所禮，而猶謂之淫祀，以見其直氣不阿如此。感其言有味，故爲録之。正月二日，眉山蘇軾書。

記夢詩文

昨夜欲曉，夢客有攜詩文見過者，覺而記其一詩云：「道惡賊其身，忠先愛厥親。誰知畏九折，亦自是忠臣。」又有數句若銘贊者云：「道之所以成，不害其耕。德之所以不修，以賊其牛。」元豐七年三月十一日。

記夢中句

昨日夢人告我云：「知真饗佛壽，識妄喫天廚。」余甚領其意。或曰：「真即饗佛壽，不妄喫天廚。」余曰：「真即是佛，不妄即是天。何但饗而喫之乎？」其人甚可余言。

書清泉寺詞

黄州東南三十里爲沙湖，亦曰螺師店，余將買田其間。因往相田得疾，聞麻橋人龐安時善醫而聾，安時雖聾而穎悟過人，以指畫字，不盡數字輒了人深意。余戲之云：「余以手爲口，君以眼爲耳，皆一時異人也。」疾愈與之同游清泉寺，在蘄水郭門外二里許，有王逸少洗筆泉，水極甘，下臨蘭溪，水西流。余作歌云：「山下蘭芽短浸溪，松間沙路淨無泥，蕭蕭暮雨子規啼。誰道人生難再少，君看流水尚能西，休將白髮唱黄雞。」是日極飲而歸。

自記廬山詩

僕初入廬山，山谷奇秀，平日所未見，殆應接不暇，遂發意不欲作詩。已而見山中僧俗，皆云蘇子瞻來矣，不覺作一絶云：「芒鞋青竹杖，自掛百錢游。可怪深山裏，人人識故侯。」既而哂前言之謬，復作兩絶句云：「青山若無素，偃蹇不相親。要識廬山面，他年是故人。」又云：「自昔懷清賞，神游杳靄間。如今不是夢，真箇在廬山。」是日有以陳令舉《廬山記》見寄者，且行且讀，見其中云徐凝、李白之詩，不覺失笑。開元寺主求詩，爲作一絶云：「帝遣銀河一派垂，古來唯有謫仙詞。飛流濺沫知多少，不與徐凝洗惡詩。」往來山南北十餘日，以爲勝絶不可勝談，擇其尤者，莫如漱玉亭、三峽橋，故作二詩。最後與總老同游西林，又作一絶，云：「横看成嶺側成峰，到處看山了不同。不識廬山真面目，只緣身在此山中。」僕廬山之詩，盡於此矣。

書子由夢中詩

元豐八年正月旦日，子由夢李士寧相過，草草爲具，夢中贈一絶句云：「先生惠然肯見客，旋買雞豚旋烹炙。人間飲酒未須嫌，歸去蓬萊却無喫。」明年閏二月六日，爲予道之，書以遺遲云。

記鬼詩

秦大虚言，寶應民有以嫁娶會客者，酒半，客一人徑起出門，主人追之，客若醉甚，將赴水者。主人急持之，客曰：「婦人以詩招我。」其詞云：「長橋直下有蘭舟，破月衝煙任意游。金玉滿堂何所用，爭如年少去來休。」蒼黄就之，不知其爲水也。然客亦無他。夜會説鬼，參寥舉此，聊爲記之。

題張白雲詩後

張俞少愚，西蜀隱君子也，與予先君游。居岷山下白雲溪，自號白雲居士。本有經世志，特以自重難合，故老死草野，非槁項黄馘盜名者也。偶游西湖靜軒，見其遺句，懷仰其人，命寺僧刻之。元祐五年九月五日。

記黄州對月詩

僕在黄州，王子立、子敏皆館於官舍，而蜀人張師厚來過。二王方年少，吹洞簫，飲酒杏花下。明年余謫居黄州，對月獨飲，嘗有詩云：「去年花落在徐州，對月酣歌美清夜。今年黄州見花發，小院閉門風露下。」蓋憶與二王飲時也。張師厚久已死，今年子立復爲古人，哀哉。

書黄州詩記劉原父語

昔爲鳳翔幕官，過長安見劉原父，留吾劇飲數日。酒酣謂吾曰：「昔陳季弼告陳元龍曰，聞遠近之論，謂明府驕而自矜。」元龍曰：「夫閨門雍穆，有德有行，吾敬陳元方兄弟。淵清玉潔，有禮有法，吾敬華子魚。清修疾惡，有識有義，吾敬趙元達。

博聞强記，奇逸卓犖，吾敬孔文舉。雄姿傑出，有霸王之略，吾敬劉玄德。所敬如此，何驕之有？餘子瑣瑣，亦安足録哉？」因仰天太息。此亦原父之雅趣也。吾後在黄州，作詩云：「平生我亦輕餘子，晚歲人誰念此翁。」蓋記原父語也。原父既没久矣，尚有貢父在，每與語，强人意。今復死矣，何時見此俊傑人乎？悲夫。

東坡題跋卷之四

宋　眉山蘇軾　撰
明　虞山毛晋　訂

書摹本蘭亭後

「外寄所託」改作「因寄」，「於今所欣」改作「向之」，「豈不哀哉」改作「痛哉」，「良可悲」改作「悲夫」，「有感於斯」改作「斯文」。凡塗兩字，改六字，註四字。「曾不知老之將至」，誤作「僧」，「已爲陳迹」，誤作「以」，「亦猶今之視昔」，誤作「由」。舊説此文字有重者，皆搆别體，而「之」字最多。今此「之」字，頗有同者。又嘗見一本，比此微加楷，疑此起草也，然放曠自得，不及此本遠矣。子由自河朔持歸，寶月大師惟簡請其本，令左綿僧意祖摹刻於石。治平四年九月十五日。

題蘭亭記

真本已入昭陵，世徒見此而已。然此本最善，日月愈遠，此本當復缺壞，則後生所見，愈微愈疎矣。

題逸少帖

逸少爲王述所困，自誓去官，超然於事物之外。嘗自言吾當卒以樂死，然欲一游岷嶺，勤勤如此，而至死不果。乃知山水游放之樂，自是人生難必之事。況於市朝眷戀之徒，而出山林獨往之言，固已踈矣。

題遺教經

僕嘗見歐陽文忠公，云《遺教經》非逸少筆，以其言觀之，信若不妄。然自逸少在時，小兒亂真，自不解辨。況數百年後，傳刻之餘，而欲必其真僞，難矣。顧筆畫精穩，自可爲師法。

題筆陣圖 王晉卿所藏

筆墨之迹託於有形，有形則有弊，苟不至於無，而自樂於一時，聊寓其心，忘憂晚歲，則猶賢於博弈也。雖然，不假外物而有守於內者，聖賢之高致也。惟顔子得之。

題二王書

筆成冢，墨成池，不及羲之即獻之。筆禿千管，墨磨萬鋌，不作張芝作索靖。

題晉人帖

唐太宗購晉人書，自二王以下僅千軸。《蘭亭》以玉匣葬昭陵，世無復見，其餘皆在秘府。至武后時，爲張易之兄弟所竊，後遂流落人間，在王涯、趙延賞家。涯敗，爲軍人所劫，剥去金玉軸而棄其書。余嘗於李都尉瑋處見晉人數帖，皆有小印涯字，意其爲王氏物也。有謝尚、謝鯤、王衍等帖，皆奇，而夷甫獨超然如群鶴聳翅，欲飛而未起也。

題蕭子雲帖

蕭子雲嘗答敕云：「臣昔不能賞拔，隨時所貴，規模子敬，多歷年所。年二十六著《晉史》，至《二王列傳》，欲作論學隸法，不盡意，遂不能成，略指論飛白一事而已。十許年乃見敕旨《論書》一卷，商略筆法，洞微字體，始變子敬，全範元常。逮邇以來，自覺功進。」文見《齊史》本傳。今閣下法帖十卷中有衛夫人與一僧書，班班取子雲此文，其僞妄無疑也。

跋褚薛臨帖

王會稽父子書存於世者蓋一二數，唐人褚、薛之流硬黃臨放，亦足爲貴。

辨法帖

辨書之難，正如聽響、切脈，知其美惡則可，自謂必能正名之者，皆過也。今官本十卷法帖中，真僞相雜至多。逸少部中有《出宿餞行》一帖，乃張説文。又有「不具釋智永白者」，亦在逸少部中，此最疎謬。余嘗於秘閣觀墨蹟，皆唐人硬黃上臨本，惟《鵝群》一帖似是獻之真筆。後又於李瑋都尉家見謝尚、王衍等數人書，超然絶俗。考其印記，王涯家本，其他但得唐人臨本皆可畜。

辨官本法帖 并以下十篇皆官本法帖

此卷有云：「伯趙鳴而戒晨，爽鳩習而揚武。」此張説送賈至文也。乃知法帖中真僞相半。

疑二王書

梁武帝使殷鐵石臨右軍書，而此帖有「與鐵石共書」語，恐非二王書字。亦不甚工，覽者可細辨也。

題逸少書

此卷有《永足下還來》一帖，其後云「不具釋智永白」，而云逸少書。余觀其語云「謹此代申」，唐末以來乃有此等語。而書至不工，乃流俗僞造永禪師書耳。

又

逸少謂此郡難治，云「吾何故舍逸而就勞」，當是爲懷祖所撿察耳。

又

《蘭亭》、《樂毅》、《東方先生》三帖，皆妙絶，雖摹寫屢傳，猶有昔人用筆意思，比之《遺教經》則有間矣。

題子敬書

子敬雖無過人事業，然謝安欲使書宫殿榜，竟不敢發口，其氣節高逸，有足嘉者。此書一卷尤可愛。

題衛夫人書

衛夫人書既不甚工，語意鄙俗，而云「奉勑」。「勑」字從「力」，「館」字從「舍」，皆流俗所爲耳。

題山公啟事帖

此卷有山公《啟事》，使人愛玩，尤不與他書比。然吾嘗怪山公薦阮咸之清正寡欲，咸之所爲，可謂不然者矣。意以謂心迹不相關，此最晋人之病也。

題衛恒帖

恒，衛瓘子。本傳有《論書勢》四篇，其詞極美。其後與瓘同遇害云。

題唐太宗帖

太宗忼暴如此，至於妻子間乃有「忌欲均死」之語，固牽於愛者也。

題蕭子雲書

唐太宗評蕭子雲書云：「行行如紆春蚓，字字若綰秋蛇。」今觀其遺跡，信虛得名耳。

跋庾征西帖

吴道子始見張僧繇畫曰：「浪得名耳。」已而坐臥其下，三日不能去。庾征西初不服逸少，有「家雞野鶩」之論，後乃以謂伯英再生。今不逮子敬甚遠，正可比羊欣耳。

題法帖二

「宰相安和殷生無恙。」宰相當是簡文帝，殷生即浩也耶？

杜庭之書爲世所貴重，乃不編入，何也？

題晉武書

昨日閣下見晉武帝書，甚有英偉氣，乃知唐太宗書，時有似之。魯君之宋，呼於垤澤之門，門者曰：「此非吾君也，何其聲之似吾君也？」居移氣，養移體，信非虛語矣。

題羊欣帖

此帖在王文惠公家，軾得其摹本於公之子錯，以遺吳興太守孫莘老，使刻石置墨妙亭中。

書逸少竹葉帖

王逸少《竹葉帖》，長安水丘氏傳寶之，今不知所在。三十年前見其摹本於雷壽。

跋衛夫人書

此書近妄庸，人傳作衛夫人書耳。晉人風流，豈爾惡耶？

跋桓元子書

「蜀平，天下大慶，東兵安，其理當早一報。」此桓子書。蜀平，蓋討譙縱時也。僕喜臨之，人間當有數百本也。

跋葉致遠所藏永禪師千文

永禪師欲存王氏典刑，以爲百家法祖，故舉用舊法，非不能出新意求變態也，然其意已逸於繩墨之外矣。云下歐、虞，殆非至論。若復疑其臨放者，又在此論下矣。

跋王鞏所收藏真書

僧藏真書七紙，開封王君鞏所藏。君侍親平凉，始得其二，而兩紙在張鄧公家，其後馮公當世又獲其三。雖所從分異者不可考，然筆勢奕奕，七紙意相屬也。君鄧公外孫，而與當世相善，乃得而合之。余嘗愛梁武帝評書，善取物象，而此公尤能自譽，觀者不以爲過，信乎其書之工也。然其爲人儻蕩，本不求工，所以能工。此如没人之操舟，無意於濟否，是以覆却萬變，而舉止自若，其近於有道者耶。

題顔公書畫讚

顔魯公平生寫碑，惟《東方朔畫讚》爲清雄，字間櫛比，而不失清遠。其後見逸少本，乃知魯公字字臨此書，雖小大相懸，而氣韻良是，非自得於書，未易爲言此也。

題魯公帖

觀其書有以得其爲人，則君子小人必見於書，是殆不然。以貌取人，且猶不可，而况書乎。吾觀顔公書，未嘗不想見其風采，非徒得其爲人而已，凜乎若見其誚盧杞而叱希烈。何也？其理與韓非「竊斧」之説無異。然人之字畫工拙之外，蓋皆有趣，亦有以見其爲人邪正之粗云。

題魯公放生池碑

湖州有顔魯公《放生池碑》，載其所上肅宗表云：「一日三朝，大明天子之孝。問安侍膳，不改家人之禮。」魯公知肅宗有愧於是也，故以此諫，孰謂公區區於放生哉。

題魯公書草

昨日，長安安師文出所藏顔魯公與定襄郡王書草數紙，比公他書尤爲奇特，信乎自然，動有姿態。乃知瓦注賢於黄金，雖公猶未免也。

書張少公判狀

張旭爲常熟尉，有父老訴事，爲判其狀，欣然持去。不數日，復有所訴，亦爲判之。他日復來，張甚怒，以爲好訟。叩頭曰：「非敢訟也，誠見少公筆勢殊妙，欲家藏之爾。」張驚問其詳，則其父蓋天下工書者也，張由此盡得筆法之妙。古人得筆法有所自，張以劍器，容有是理。雷太簡乃云「聞江聲而筆法進」，文與可亦言「見蛇鬬而草書長」，此殆謬矣。

書張長史草書

張長史草書必俟醉，或以爲奇，醒即天真不全。此乃長史未妙，猶有醉醒之辨。若逸少，何嘗寄於酒乎？僕亦未免此事。

跋懷素帖

懷素書極不佳，用筆意趣乃似周越之險劣，此近世小人所作也，而堯夫不能辨，亦可怪矣。

跋王荆公書

荆公書得無法之法，然不可學無法。故僕書盡意作之似蔡君謨，稍得意似楊風子，更放似言法華。

跋胡霈然書匣後

唐文皇好逸少書，故其子孫及當時士人爭學二王筆法，至開元、天寶間尤盛，而胡霈然最爲工妙，以宗盟覆有家藏也。

跋咸通湖州刺史牒

唐人以身、言、書、判取士，故人人能書。此牒近時待詔所不及，況州鎮書史乎？元符三年十月十六日。

書太宗皇帝急就章

軾近至終南太平宮，得觀三聖遺迹。有太宗書《急就章》一卷，爲妙絶。自古英主少有不工書，魯君之宋，呼於垤澤之門守者，曰：「非吾君也，何其聲之似我君也。」軾於書亦云。

書所作字後

獻之少時學書，逸少從後取其筆而不可，知其長大必能名世。僕以爲不然。知書不在於筆牢，浩然聽筆之所之而不失法度，乃爲得之。然逸少所以重其不可取者，獨以其小兒子用意精至，猝然掩之而意未始不在筆。不然，則是天下有力者莫不能書也。治平甲辰十月二十七日，自岐下罷，過謁石才翁君，强使書此數幅。僕豈曉書，而君最關中之名書者，幸勿出之，令人笑也。軾書。

書王右草書

王正甫、石才翁對韓公草書，公言：「二子一似向馬行頭吹笛。」座客皆不曉。公爲解之：「若非妙手，不敢向馬行頭吹也。」熙寧元年十二月晦書。

題蔡君謨帖

慈雅游北方十七年而歸，退老於孤山下，蓋十八年矣。平生所與往還，略無在者。偶出蔡公書簡觀之，反覆悲歎。耆老凋喪，舉世所惜，慈雅之歎，蓋有以也。

跋蔡君謨書海會寺記

君謨寫此時年二十八。其後三十二年，當熙寧甲寅，軾自杭來臨安借觀，而君謨之没已六年矣。明師之齒七十有四，耳益聰，目益明，寺益完壯，竹林橋上，暮山依然，有足感歎者。因師之行，又念竹林橋看暮山，乃人間絶勝之處，自馳想耳。

論君謨書

歐陽文忠公論書云：「蔡君謨獨步當世。」此爲至論。言君謨行書第一，小楷第二，草書第三，就其所長而求其所短，大字爲小疎也。天資既高，輔以篤學，其獨步當世，宜哉。近歲論君謨書者，頗有異論，故特明之。

跋君謨飛白

物一理也，通其意則無適而不可。分科而醫，醫之衰也。占色而畫，畫之陋也。

和、緩之醫不別老少，曹、吴之畫不擇人物。謂彼長於是則可，曰能是不能是，則不可。世之書，篆不兼隸，行不及草，殆未能通其意者也。如君謨真行草隸，無不如意，其遺力餘意，變爲飛白，可愛而不可學，非通其意能如是乎？

跋君謨書賦

余評近歲書，以君謨爲第一，而論者或不然，殆未易與不知者言也。書法當自小楷出，豈有未能正書而以行草稱也？君謨年二十九而楷法如此，知其本末矣。

跋君謨書

僕論書以君謨爲當世第一，多以爲不然，然僕終守此説也。

題李十八淨因雜書

劉十五論李十八草書，謂之鸜哥嬌意。謂鸜鵒能言，不過數句，大率雜以鳥語。十八其後稍進，以書問僕：「近日比舊如何。」僕答云：「可作泰吉了也。」然僕此書自有「公在乾侯」之態也。子瞻書。

跋董儲書

董儲郎中，密州安丘人，能詩，有名。寶元、慶曆間，其書尤工，而人莫知。僕以爲勝西臺也。

又

密州董儲亦能書，近歲未見其比。然人猶以爲不然。僕固非善書者，而世稱之，以是知是非之難齊也。

跋文與可草書

李公擇初學草書，所不能者輒雜以真行，劉貢父謂之鸚哥嬌。其後稍進，問僕：「吾書比來何如？」僕對「可謂泰吉了矣」。與可聞之大笑。是日坐人爭索與可草書，落筆如風，初不經意。劉意謂鸚鵡之於人言，止能道此數句耳。十月一日。

評草書

書初無意於嘉乃嘉爾。草書雖是積學乃成，然要是出於欲速。古人云「悤悤不及草書」，此語非是。若匆匆不及，乃是平時亦有意於學，此弊之極，遂至於周越仲翼無足怪者。吾書雖不甚佳，然自出新意，不踐古人，是一快也。

論　書

書必有神、氣、骨、肉、血，五者闕一，不爲成書也。

題醉草

吾醉後能作大草，醒後自以爲不及。然醉中亦能作小楷，此乃爲奇耳。

題七月二十日帖

江左僧寶索靖七月二十日帖，僕亦以是日醉書五紙，細觀筆迹，與二妙爲三。每紙皆記年月，是歲熙寧十年也。

跋楊文公書後

楊文公相去未久，而筆迹已難得。其爲人貴重如此，豈以斯人之風流，不可復見故耶？元豐戊午四月十六日題。

跋杜祁公書

正獻公晚乃學草書，遂爲一代之絶。公書政使不工，猶當傳世寶之，況其清閒妙麗，得昔人風氣如此耶？

跋陳隱居書

陳公密出其祖隱居先生之書相示。軾聞之，蔡君謨先生之書如三公被袞冕、立玉墀之上，軾亦以爲學先生之書，如馬文淵所謂學龍伯高之爲人也。書法備於正書，溢而爲行草，未能正書而能行、草，猶未嘗莊語而輒放言，無是道也。

跋歐陽文忠公書

歐陽文忠公用尖筆乾墨作方闊字，神采秀發，膏潤無窮。後人觀之，如見其清眸豐頰，進趨曄如也。

跋歐陽家書

「自南方多事以來，日夕憂汝。得昨日遞中書，知與新婦諸孫等各安，守官無事，頓解遠想。吾此哀苦如常。歐陽氏自江南歸明累世，蒙朝廷官禄，吾今又被榮顯，致汝等竝列官品，當思報効。偶此多事，如有差使，盡心向前，不得避事。至於臨難死節，亦是汝榮事，但存心盡，公神明自祐汝。慎不可思避事也。昨書中言欲買硃砂來，吾不闕此物，汝於官下宜守廉，何得買官下物？吾在官所，除飲食外不曾買一物，汝可觀此爲戒也。已寒，好將息。不具。吾書送通理十二郎。」凡人勉强於外，何所不至。惟考之其私，乃見真僞。此歐陽文忠公與其弟姪家書也。元豐二年四月十二日蘇軾題。

跋陳氏歐帖

「承示近文，只如此作便得也。但古詩中時復要一聯對屬，尤見工夫，并門當因書言去。昔選人有陳奇者，舉主十六人，仁宗見其未嘗歷選調，特旨不改官，以戒馳騖者。初官亦少安之。」右陳敏善所藏歐公帖。軾聞公之幼子季默編公之牋牘爲一集，此數帖尤有益於世者，當録以寄季默也。

跋錢君倚書遺教經

人貌有好醜，而君子小人之態不可掩也。言有辯訥，而君子小人之氣不可欺也。書有工拙，而君子小人之心不可亂也。錢公雖不學書，然觀其書，知其爲挺然忠信禮義人也。軾在杭州，與其子世雄爲僚，因得觀其所書《佛遺教經》，刻石峭崎，有不回之勢。孔子曰「仁者其言也訒」，今君倚之書蓋訒云。

書章郇公寫遺教經

章文簡公楷法尤妙，足以見前人篤實謹厚之餘風也。

跋所書清虛堂記

世多藏予書者，而子由獨無有，以求之者衆，而子由亦以余書爲可以必取，故每以與人不惜。昔人求書法，至拊心嘔血而不獲，求安心法，裸雪没腰僅乃得之。今子由既輕以余書予人，可也，又以其微妙之法言不待憤悱而發，豈不過哉？然王君之爲人蓋可與言此者，他人當以余言爲戒。

跋所書摩利支經後

姪安節於元豐庚申六月大水中舟行下峽，常持此經，得脱險難。明年十二月至黄州，見軾，乞寫此本持歸蜀。眉陽蘇軾書。

評楊氏所藏歐蔡書

自顏、柳氏没，筆法衰絶。加以唐末喪亂，人物彫落磨滅，五代文采風流，掃地盡矣。獨楊公凝式，筆迹雄傑，有二王、顏、柳之餘，此真可謂書之豪傑，不爲時世所汩没者。國初，李建中號爲能書，然格韻卑濁，獨有唐末以來衰陋之氣，其餘未見有卓然追配前人者。獨蔡君書，天資既高，積學深至，心手相應，變態無窮，遂爲本朝第一。然行書最勝，小楷次之，草書又次之，大字又次之，分隸小劣。又嘗出意作飛白，自言有翔龍舞鳳之勢，識者不以爲過。歐陽文忠公書自是學者所共儀刑，庶幾如見其人者，正使不工，猶當傳寶。況其精勤敏妙，自成一家乎？楊君畜二公書，過黄州出以相示，偶爲評之。

雜評

楊凝式書，頗類顏行。李建中書雖可愛，終可鄙，雖可鄙，終不可棄。李國士本無所得，舍險瘦，一字不成。宋宣獻書清而復寒，正類李留臺重而復寒，俱不能濟所不足。蘇子美兄弟俱太俊，非有餘，乃不足也。蔡君謨爲近世第一，但大字不如小字，草不如真，真不如行也。

王文甫達軒評書

唐末五代，文章卑陋，字畫隨之。楊公凝式筆爲雄，往往與顏、柳相上下，甚可怪也。今世多稱李建中、宋宣獻，此二人書，僕所不曉。宋寒而李俗，殆是浪得名。惟近日蔡君謨，天資既高，而學亦至，當爲本朝第一。

書贈王文甫

王文甫好典買古書畫諸物。今日典端硯及陳歸聖篆字，余請攀歸聖例，每日持一兩紙典。文甫言甚善。川僧清悟在旁知狀。

書贈王十六

王十六秀才禹錫好蓄余書，相從三年，得兩牛腰。既入太學，重不可致，乃留文甫許，然緘鎖牢甚。文甫云：「相與有瓜葛，那得爾耶？」十六及第，當以風味風字大硯與之，請文甫收此爲據。十六及第，當以石緑天猊爲僕作利市也。

記潘延之評予書

潘延之謂子由曰：「尋常於石刻見子瞻書，今見真迹，乃知爲顔魯公不二。」嘗評魯公書與杜子美詩相似，一出之後，前人皆廢。若予書者，乃似魯公而不廢前人者也。

書贈徐大正

此蔡公家賜紙也，建安徐大正得之於公之子穀，來求東坡居士草書。居士既醉，爲作此數紙。

得之，天下奇男子也。世未有用之者，然丈夫窮達，固自有時耶？

江湖間有鳥，鳴於四五月，其聲若云「麥熟即快活」。今年二麥如雲，此鳥不安言也。

或問東坡草書，坡云「不會」。進云「學人不會」。坡云「則我也不會」。

跋李康年篆心經後

江夏李君康年，好古博學，而小篆尤精。以私忌日篆《般若心經》爲其親追福，而求余爲跋尾。余聞此經雖不離言語文字，而欲以文字見，欲以言語求，則不可得。篆畫之工，蓋亦無施於此，況所謂跋尾者乎。然人之欲薦其親，必歸於佛，而作佛事，當各以其所能。雖畫地聚沙，莫不具足，而況篆字之工若此者耶。獨恐觀者以字法之工，便作勝解，故書其末，普告觀者，莫作是念。元豐五年十二月十三日。

跋文與可論草書後

「余學草書凡十年，終未得古人用筆相傳之法。後因見道上鬭蛇，遂得其妙，乃知顛、素之各有所悟，然後至於此耳。」留意於物，往往成趣。昔人有好草書，夜夢則見蛟蛇糾結。數年，或晝日見之，草書則工矣，而所見亦可患。與可之所見，豈真蛇耶，抑草書之精也？予平生好與與可劇談大噱，此語恨不令與可聞之，令其捧腹絕倒也。

跋草書後

僕醉後輒作草書十數行，覺酒氣拂拂從十指間出也。

跋先君與孫叔靜帖 并書

「承借示新文及累爲臨訪，甚荷勤眷。文字已細觀，甚善甚善。必欲求所未至，如中正論引舜爲證，此是時文之病。凡論意立而理明，不必覓事應副。誠未之思，專此不宣。」嘉祐、治平間，先君編修《太常因革禮》在京師，學者多從講問，而孫叔靜兄弟皆篤學能文，先君亟稱之。先君既歿十有八年，軾謫居於黄，叔靜自京師過蘄，枉道過軾，出先君手書以相示，軾請受而藏之，叔靜不可，遂歸之。先君平生往還書疏，多口占以授子弟，而此獨其真跡，信於叔靜兄弟厚善也耶。元豐六年七月十五日軾記。

跋先君書送吴職方引

先伯父及第吴公榜中，而軾與其子子上再世爲同年，契故深矣。始先君家居，人罕知之者，公攜其文至京師，歐陽文忠公始見而知之。公與文忠交蓋久，故文忠謫夷陵時，贈公詩有「落筆妙天下」之語。軾自黃遷於汝，舟過慈湖，子上昆仲出此文相示，乃泣而書之。元豐七年四月十四日軾謹記。

跋蔡君謨書

僕嘗論君謨書爲本朝第一，議者多以爲不然。或謂君謨書爲弱，此殊非知書者。若江南李主，外託勤儉，而實無有此，真可謂弱者。世以李主爲健，則宜以君謨爲弱也。元豐八年七月四日。

記與君謨論書

作字要手熟，則神氣完實而有餘韻，於靜中自是一樂事。然常患少暇，豈於其所樂常不足耶。自蘇子美死，遂覺筆法中絕。近年蔡君謨獨步當世，往往謙讓，不肯主盟。往年予嘗戲謂君謨言：「學書如泝急流，用盡氣力，不離舊處。」君謨頗諾，以謂能取譬。今思此語，已四十餘年，竟如何哉。

跋范文正公帖

軾自省事，便欲一見范文正公，而終不可得。覽其遺蹟，至於泫然。人之云亡，邦國殄瘁，可不哀哉。元豐八年九月一日。

題陳履常書

此書既以遺荆州李翹叟，繼而亡其本，後從翹叟借來謄出，輒爲役夫盜去，賣與龍安寺千部院僧。盜事覺，追取得之，後歸翹叟。翹叟屢來索此卷，云恐爲人盜去。予謂不然，乃果見盜。夫不疑於物，物亦誠焉。翹叟一動其心，遂果致盜。孔子曰「苟子之不欲，雖賞之不竊」，誠然哉。

題顔長道書

故人楊元素、顔長道、孫莘老皆工文而拙書，或不可識，而孫莘老尤甚。不論他人，莘老徐觀之，亦自不識也。三人相見輒以此爲歎，今皆爲陳迹，使人哽噎。

跋秦少游書

少游近日草書，便有東晋風味，作詩增奇麗。乃知此人不可使閒，遂兼百技矣。

技進而道不進，則不可，少游乃技道兩進也。

跋黃魯直草書

草書祇要有筆，霍去病所謂「不至學古兵法者」爲過之。魯直書。

去病穿城蹋鞠，此正不學古兵法之過也。學即不是，不學亦不可。子瞻書。

跋魯直爲王晉卿小書爾雅

魯直以平等觀作欹側字，以真實相出游戲法，以磊落人書細碎事。可謂三友。

跋王晉卿所藏蓮華經 經七卷如箸麁

凡世之所貴必貴其難。真書難於飄揚，草書難於嚴重，大字難於結密而無間，小字難於寬綽而有餘。今君所藏，抑又可珍。卷之盈握，沙界已周，讀未終篇，目力可廢。乃知蝸牛之角可以戰蠻觸，棘刺之端可以刻沐猴。嗟嘆之餘，聊題其末。

書杜介求字

杜幾先以此紙求余書，云「大小不得過」。此其意不問工拙，但恐字大費紙，不能多耳。嚴子陵若見，當復有賣菜之語。無以懲其失言，當乾没此紙也。

書贈宗人鎔

宗人鎔貧甚苦，吾無以濟之。昔年嘗見李駙馬瑋以五百千購王夷甫帖，吾書不下夷甫，而其人則吾之所耻也。書此遺生，不得五百千勿以予人。然事在五百年外，賈如是不亦鈍乎。然吾一坐六十小劫，五百年何足道哉。

戲書赫蹏紙

此紙可以鑱錢祭鬼，東坡試筆，偶書其上。後五百年當成百金之直，物固有遇不遇也。

自評字

昨日見歐陽叔弼云：「子書大似李北海。」予亦自覺其如此。世或以謂似徐書者，非也。

跋太宗皇帝御書曆子

京朝官中選三十人充知州，而賜以御書曆子。臣得此，可以爲榮矣。而審官任其事，蓋猶有古者選部激濁揚清之風也。非太宗皇帝知錢若水之深，若水亦自信不疑，則三十人者獨獲此賜，其能使人心服而無疑乎？元祐四年四月十九日，龍圖閣直學士臣軾書。

跋焦千之帖後

歐陽文忠公言「焦子皎潔寒泉冰」者，吾友伯強也。泰民徐君，濟南之老先生也，錢毘仲蓋嘗師之，以伯強與泰民往還書疏相示。伯強之没蓋十年矣，覽之悵然。元祐五年二月十五日書。

題劉景文所收歐公書

處處見歐陽文忠書，厭軒冕思歸而不可得者，十常八九。乃知士大夫進易而退難，可以爲後生汲汲者之戒。元祐五年三月八日，偶與楊次公同遇劉景文，景文出此書，僕與次公皆文忠客也，次公又効其抵掌談笑，使人感歎不已。

題歐陽帖

歐陽公書筆勢險勁，字體新麗，自成一家。然公墨跡自當爲世所寶，不待筆書之工也。文忠公得謝，其喜如此。以是知士非進身之難，乞身之難也。

跋劉景文歐公帖

此數十紙皆文忠公衝口而出，縱手而成，初不加意者也。其文采字畫，皆有自然絶人之姿，信天下之奇蹟也。

題蘇才翁草書

才翁草書真蹟，當爲歷世之寶。然李白《草書歌》，迺唐末五代効禪月而不及者，云「牋麻絹素排數箱」，村氣可掬也。

題所書東海若後

軾久欲書柳子厚所作《東海若》一篇刻之石，置之淨住院無量壽佛堂中。元祐六年二月九日，與海陵曹輔、開封劉季孫、永嘉侯臨會堂下，遂書以遺僧從本，使刻之。

題所書歸去來詞後

毛國鎮從予求書，且曰：「當於林下展玩。」故書陶潛《歸去來》以遺之。然國鎮豈林下人也哉？譬如今之紈扇，多畫寒林雪竹，當世所難得者，正使在廟堂之上，尤可觀也矣。

題張乖崖書後

以寬得愛，愛止於一時。以嚴得畏，畏止於力之所及。故寬而見畏，嚴而見愛，皆聖賢之難事，而所及者遠矣。張忠定公治蜀，用法之嚴似諸葛孔明。諸葛孔明與公遺愛皆至今，蓋尸而祝之，社而稷之。元祐六年閏六月十三日，過陳見公之曾孫祖，以軾蜀人，德公宜深，故出公遺墨求書其後。

跋勾信道郎中集朝賢書夾頌金剛經

乙巳至今二十八年，書經三十二人，逝者幾三之二矣。夢幻之喻，非虛言也。惟一念歸向之善，歷劫不壞，在在處處，常爲善友。元祐七年正月二十二日。

跋舊與辨才書

軾平生與辨才道眼相照之外，緣契冥符者多矣。始以五年九月三十日入山，相對終日，留此數紙。明年是日，在潁州作書與之，有「少留山中，勿便歸安養」之語。

而師實以是日化去。又明年，其徒惟楚攜此軸來，爲一太息。五月十一日書。

跋陳瑩中題朱表臣歐公帖

「敬其人，愛其字，文忠公之賢，天下皆知。使嘉祐以前見其書者皆如今日，則朋黨之論何自興。元祐元年四月，延平陳瓘書。」

美哉瑩中之言也。仲尼之存，或削其跡，夢奠之後，履藏千載。文忠公讀《石守道文集》，有云：「後世苟不公，至今無聖賢。」公殁之後二十餘年，憎愛一衰，議論乃公，亦何待後世乎。紹聖元年五月書。

書王奧所藏太宗御書後

日行于天，委照萬物之上，光氣所及，或流爲慶雲，結爲丹砂，初豈有意哉。太宗皇帝以武功定禍亂，以文德致太平，天縱之能，溢于筆墨，摛藻尺素之上，弄翰團扇之中，散流人間者幾何矣。而三槐王氏得之爲多，子孫世守之，遂爲希代之寶。文正之孫、懿敏之子奧，出以示臣軾，敬拜手稽首書其後。

書張長史書法

世人見古德有見桃花悟者，便爭頌桃花，便將桃花作飯喫。喫此飯五十年，轉没交涉。正如張長史見擔夫與公主爭路，而得草書之法，欲學長史書，日就擔夫求之，豈可得哉。

書歸去來詞贈契順

余謫居惠州，子由在高安，各以一子自隨。余分寓許昌、宜興，嶺海隔絶。諸子不聞余耗，憂愁無聊。蘇州定慧院學佛者卓契順謂邁曰：「子何憂之甚。惠州不在天上，行即到耳，當爲子將書問之。」紹聖三年三月二日，契順涉江度嶺，徒行露宿，僵仆瘴霧，黧面繭足，以至惠州，得書徑還。余問其所求，答曰：「契順惟無所求，而後來惠州。若有求，當走都下矣。」苦問不已，乃曰：「昔蔡明遠鄱陽一校耳，顏魯公絶糧江淮之間，明遠載米以周之，魯公憐其意，遺以尺書。天下至今知有明遠也。今契順雖無米與公，然區區萬里之勤，儻可以援明遠例，得數字乎？」余欣然許之。獨愧名節之重，字畫之好，不逮魯公。故爲書淵明《歸去來詞》以遺之，庶幾契順託此文以不朽也。

跋所贈曇秀書

曇秀來惠州見東坡，將去，坡曰：「山中人見公還，必求土物，何以與之？」秀曰：「鵝城清風，鶴嶺明月，人人送與，只恐他無著處。」坡曰：「不如將幾紙字去，每人與一紙，但向道此是法言華書，裏頭有災福。」

題所書寶月塔銘 并魯直跋

予撰《寶月塔銘》，使澄心堂紙，鼠鬚筆，李庭珪墨，皆一代之選也。舟師不遠萬里，來求予銘，予亦不孤其意。紹聖三年正月十二日，東坡老人書。

《塔銘》小字如季海得意時書，書字雖工拙在人，要須年高手硬，心意閒澹，乃入微耳。庭堅書。

書天蓬呪

紹聖三年端午，惠州道士鄒葆光云：「今日今月皆甲午，而午時當庚甲合，人之遇此也難，請書《天蓬神呪》。」予嘉其意，乃爲齋戒書之。

跋山谷草書

曇秀來海上，見東坡，出黔安居士草書一軸，問此書如何。坡云：「張融有言，不恨臣無二王法，恨二王無臣法。」吾於黔安亦云。他日黔安當捧腹軒渠也。丁丑正月四日。

跋希白書

希白作字，自有江左風味，故長沙法帖，比淳化待詔所摹爲勝。世俗不察，爭購閣本，誤矣。此逸少一卷爲尤妙。庚辰七月，合浦官舍借觀。

題自作字

東坡平時作字，骨撐肉，肉没骨，未嘗作此瘦妙也。宋景文公自名其書鐵綫，若東坡此帖，信可謂云爾已矣。元符三年九月二十四日，游三州岺回，舟中書。

書舟中作字

將至曲江，船上灘欹側，撐者百指，篙聲石聲犖然，四顧皆濤瀨，士無人色。而吾作字不少衰，何也？吾更變亦多矣，置筆而起，終不能一事，孰與且作字乎？

書沈遼智靜大師影堂銘

鄰舍有眷睿，寺僧不求其書，而獨求予。非惟不敬東家，亦有不敬西家耶？

論沈遼米芾書

自君謨死後，筆法衰絶。沈遼少時本學其家傳師者，晚乃諱之，自云學子敬。病其似傳師也，故出私意新之，遂不如尋常人。近日米芾行書、王鞏小草，亦頗有高韻，雖不逮古人，然亦必有傳於世也。

跋所書圓通偈

軾遷嶺海七年，每遇私忌，齋僧供佛，多不能如舊。今者北歸，舟行豫章、彭蠡之間，遇先妣成國太夫人程氏忌日，復以阻風滯留，齋薦尤不嚴，具敬寫《楞嚴經》中文殊師利法王所説《圓通偈》一篇，少伸追往之懷，行當過廬山，以施山中有道者。建中靖國元年四月八日書。

跋歐陽文忠公書

賀下不賀上，此天下通語。士人歷官一任，得外無官謗，中無所愧於心，釋肩而去，如大熱遠行，雖未到家得清涼館舍，一解衣漱濯，已足樂矣。況於致仕而歸，脱冠珮，訪林泉，顧平生一無可恨者，其樂豈可勝言哉？余出入文忠門最久，故見其欲釋位歸田，可謂切矣。他人或苟以藉口，公發於至情，如飢者之念食也，顧勢有未可者耳。觀與仲義書論可去之節三，至欲以得罪病去，君子之欲退其難如此，可以爲進者之戒。

書篆髓後

滎陽鄭惇方字希道，作《篆髓》六卷，《字義》一篇。凡古今字説，班、揚、賈、許、二李、二徐之學，其精者皆在。間有未盡，傳以新意，然皆有所考本，不用意斷曲説，其疑者蓋闕焉。凡學術之邪正，視其爲人。鄭君信厚君子也，其言宜可信。余嘗論學者之有《説文》，如醫之有《本草》，雖草木金石各有本性，而醫者用之，所配不同，則寒温補瀉之効隨用各别。而自漢以來，學者多以一字考經，字同義異，皆欲一之，彫刻采繪，必成其説。是以六經不勝異説，而學者疑焉。孔子曰：「夫聞也者，色取仁而行違，居之不疑。」則聞爲小人。而《詩》曰：「允矣君子，展也大成。之子于征，有聞無聲。」則聞爲君子。又曰：「君子周而不比。」則比爲善。有子曰：「知和而和，不以禮節之，亦不可行也。」則所謂和者，同而已矣。而孔子曰：「君子和而不同。」若此者多矣。喪欲速貧，死欲速朽，此以八字成文，然猶不可一，曰言各有當也，而況欲以一字一之耶？余愛鄭君之學簡而通，故私附其後。

書唐氏六家書後

永禪師書骨氣深穩，體兼衆妙，精能之至，反造疎淡。如觀陶彭澤詩，初若散緩不收，反覆不已，乃識其奇趣。今法帖中有云「不具釋智永白」者，誤收在逸少部中，然亦非禪宗書也。云「謹此代申」此，乃唐末五代流俗之語耳，而書亦不工。歐陽率更書妍緊拔群，尤工於小楷。高麗遣使購其書，高祖歎曰：「彼觀其書，以爲魁梧奇偉人也。」此非知書者。凡書象其爲人，率更貌寒寢，敏悟絶人，今觀其書，勁嶮刻厲，正稱其貌耳。褚河南書清遠蕭散，微雜隸體。古之論書者兼論其平生，苟非其人，雖工不貴也。河南固忠臣，但有譖殺劉洎一事，使人怏怏。然余嘗考其實，恐劉洎末年偏忿，實有伊、霍之語，非譖也。若不然，馬周明其無此語，太宗獨誅洎而不問周，何哉？此殆天后朝許、李所誣，而史官不能辨也。張長史草書頹然天放，略有點畫處而意態自足，號稱神逸。今世稱善草書者，或不能真行，此大妄也。真生行，行生草，真如立，行如行，草如走，未有未能行立而能走者也。今長安猶有長史真書《郎官石柱記》，作字簡遠如晉宋間人。顏魯公書雄秀獨出，一變古法，如杜子美詩，格力天縱，奄有漢魏晉宋以來風流，後之作者，殆難復措手。柳少師書本出於顏，而能自出新意，一字百金，非虛語也。其言心正則筆正者，非獨諷諫，理固然也。世之小人，書字雖工，而其神情終有睢盱側媚之態，不知人情隨想而見，如韓子所謂竊斧者乎，抑真爾也？然至使人見其書而猶憎之，則其人可知矣。余謫居黄州，唐林夫自湖口以書遺余，云：「吾家有此六人書，子爲我略評之而次其後。」林夫之書，過我遠矣，而反求於予，何哉？此又未可曉也。元豐四年五月十一日眉山蘇軾書。

書若逵所書經後

懷楚比丘示我若逵所書二經，經爲幾品，品爲幾偈，偈爲幾句，句爲幾字，字爲幾畫，其數無量。而此字畫平等若一，無有高下輕重大小。云何能一，以忘我故。若不忘我，一畫之中，已現二相，而況多畫。如海上沙，是誰磋磨，自然匀平，無有粗細。如空中雨，是誰揮灑，自然蕭散，無有疎密。咨爾楚逵，若能一念，了是法門，於剎那頃，轉八十藏，無有忘失，一句一偈。東坡居士説是法已，復還其經。

書孫元忠所書華嚴經後

余聞世間凡富貴人及諸天龍鬼神，具大威力者，修無上道難，造種種福業易。所發菩提心，旋發旋忘，如飽滿人，厭棄飲食。所作福業，舉意便成，如一滴水，流入世間，即爲江河。是故佛説此等，真可畏怖，一念差失，萬劫墮壞。一切龍服，地行天飛，佛在依佛，佛成依僧，皆以是故。維鎮陽平山子龍，靈變莫測，常依覺實，二大比丘。有大檀越，孫温靖公，實能致龍，與相賓友。曰雨曰霽，惟公所欲，公之與此，二大比丘，及此二龍，必同事佛，皆受佛記。故能於未來世，各以願力，而作佛事。觀公奏疏本，欲爲龍作廟，又恐血食，與龍增業。故上乞度僧，以奉祠宇。公之愛龍，如愛其身，祇令作福，不令造業。若推此心，以及世間，待物如我，待我如物，予知此人，與佛無二。覺既圓寂，公亦棄世。其子元忠，爲公親書《華嚴經》八十卷，累萬字，無有一點一畫見怠墮相。人能攝心，一念專靜，便有無量感應。而元忠此心，盡八十卷終始若一，予知諸佛，悉已見聞。若以此經，置此山中，則公與二士若龍，在在處處，皆當相見，共度衆生，無有窮盡。而元忠與予，亦當與焉。

東坡題跋卷之五

宋　眉山蘇軾　撰
明　虞山毛晉　訂

題鳳翔東院王畫壁

嘉祐癸卯上元夜，來觀王維摩詰筆。時夜已闌，殘燈耿然，畫僧躍躍欲動，恍然久之。

書摩詰藍田煙雨圖

味摩詰之詩，詩中有畫，觀摩詰之畫，畫中有詩。詩曰：「藍谿白石出，玉川紅葉稀。山路元無雨，空翠濕人衣。」此摩詰之詩。或曰非也，好事者以補摩詰之遺。

跋文與可墨竹李通叔篆

昔時，與可墨竹，見精練良紙，輒憤筆揮灑，不能自已。坐客爭奪持去，與可亦不甚惜。後來見人設置筆研，即逡巡避去，人就求索至終歲不可得。或問其故，與可曰：「吾乃者學道未至，意有所不適，而無所遣之，故一發於墨竹，是病也。今吾病良已，可若何。」然以余觀之，與可之病亦未得爲已也。獨不容有不發乎？余將伺其發而掩取之，彼方以爲病，而吾又利其病，是吾亦病也。熙寧庚戌七月二十一日，子瞻書。

李元直，長安人，其先出於唐讓帝，學篆書數十年，覃思甚苦，曉字法，得古意。用銛鋒筆，縱手疾書，初不省度。見余所藏與可墨竹，求題其後，因戲書此數百言。通叔其字云。

書李將軍三駿馬圖

唐李將軍思訓作《明皇摘瓜圖》。嘉陵山川，帝乘赤驃，起三駿，與諸王及嬪御十數騎出飛仙嶺下，初見平陸，馬皆若驚，而帝馬見小橋，作徘徊不進狀。不知三駿謂何？後見岑嘉州詩，有《衛節度赤驃歌》云：「赤髯胡雛金剪刀，平明剪出三駿高。」乃知唐御馬多剪治，而三駿其飾也。

書吴道子畫後

知者創物，能者述焉，非一人而成也。君子之於學，百工之於技，自三代歷漢至唐而備矣。故詩至於杜子美，文至於韓退之，書至於顔魯公，畫至於吴道子，而古今之變，天下之能事畢矣。道子畫人物，如以燈取影，逆來順往，旁見側出，横斜平直，各相乘除，得自然之數，不差毫末。出新意於法度之中，寄妙理於豪放之外，所謂游刃餘地，運斤成風，蓋古今一人而已。余於他畫或不能必其主名，至於道子，望而知其真僞也。然世罕有真者。如史全叔所藏，平生蓋一二見而已。元豐八年十一月七日書。

書李伯時山莊圖後

或曰，龍眠居士作《山莊圖》，使後來入山者，信足而行，自得道路，如見所夢，如悟前世。見山中泉石草木，不問而知其名，遇山中漁樵隱逸，不名而識其人，此豈强記不忘者乎？曰，非也。畫日者常疑餅，非忘日也。醉中不以鼻飲，夢中不以趾捉，天機之所合，不强而自記也。居士之在山也，不留於一物，故其神與萬物交，其智與百工通。雖然，有道有藝，有道而不藝，則物雖形於心，不形於手。吾嘗見居士作華嚴相，皆以意造，而與佛合。佛菩薩言之，居士畫之，若出一人，況自畫其所見者乎。

書朱象先畫後

松陵人朱君象先，能文而不求舉，善畫而不求售。曰：「文以達吾心，畫以適吾意而已。」昔閻立本始以文學進身，卒蒙畫師之恥，或者以是爲君病。余以謂不然。謝安石欲使王子敬書太極殿榜，以韋仲將事諷之，子敬曰：「仲將，魏之大臣，理必不爾。若然者，有以知魏德之不長也。」使立本如子敬之高，其誰敢以畫師使之。阮千里善彈琴，無貴賤長幼皆爲彈，神氣冲和，不知向人所在。內兄藩岳使彈，終日達夜無忤色，識者知其不可榮辱也。使立本如千里之達，其誰能以畫師辱之。今朱君無求於世，雖王公貴人，其何道使之？遇其解衣盤礴，雖余亦得攫攘其傍也。元祐五年九月十八日，東坡居士書。

題趙⿰丬曼屏風與可竹

與可所至，詩在口，竹在手。來京師不及歲，請郡還鄉，而詩與竹皆西矣。一日不見，使人思之。其面目嚴冷，可使靜險躁，厚鄙薄。今相去數千里，其詩可求，其竹可乞，其所以靜厚者，不可致，此予所以見竹而歎也。

跋蒲傳正燕公山水

畫以人物爲神，花竹禽魚爲妙，宫室器用爲巧，山水爲勝。而山水以清雄奇富，變態無窮爲難。燕公之筆，渾然天成，粲然日新已。離畫工之度數，而得詩人之清麗也。熙寧六年六月六日。

跋文勛扇畫

舊聞吴道子畫西方變相，觀者如堵。道子作佛圖光，風落雹轉，一揮而成。嘗疑其不然。今觀安國作方界，略不抒思，乃知傳者之不謬。

跋吴道子地獄變相

道子，畫聖也，出新意於法度之内，寄妙理於豪放之外，蓋所謂游刃餘地，運斤成風者耶。觀地獄變相，不見其造業之因，而見其受罪之狀。悲哉，悲哉。能於此間一念清淨，豈無脱理？但恐如路傍草，野火燒不盡，春風吹又生耳。元豐六年七月十日，齊安臨皋亭借觀。

跋與可點竹

點竹生於陵陽守居之北崖，蓋岐竹也。其一未脱籜，爲蝎所傷。其一困於嵌崖，是以爲此狀也。吾亡友文與可爲陵陽守，見而異之，以墨圖其形。余得其摹本，以遺玉册官祁永，使刻之石，以爲好事者動心駭目詭特之觀，且以想見亡友之風節。其屈而不撓者，蓋如此云。

書黄筌畫雀

黄筌畫飛鳥，頸足皆展。或曰飛鳥縮頸則展足，縮足則展頸，無兩展者。驗之信然。乃知觀物不審者，雖畫師且不能，況其大者乎？君子是以務學而好問也。

書戴嵩畫牛

蜀中有杜處士，好書畫，所寶以百數。有戴嵩牛一軸，尤所愛，錦囊玉軸，常以自隨。一日曝書畫，有一牧童見之，拊掌大笑，曰：「此畫鬭牛也。牛鬭，力在角，尾搐入兩股間。今乃掉尾而鬭，謬矣。」處士笑而然之。古語有云「耕當問奴，織當問婢」，不可改也。

跋趙雲子畫

趙雲子畫筆略到，而意已具，工者不能。然託於椎陋以戲侮來者，此柳下惠之不恭，東方朔之玩世，滑稽之雄乎？或曰雲子蓋度世者。蜀人謂狂雲，猶曰風雲耳。

跋艾宣畫

金陵艾宣，畫翎毛花竹，爲近歲之冠。既老，筆迹尤奇，雖不復精匀，而氣格不凡。今尚在，然眼昏不能復運筆矣。嘗見此物，各爲賦一首云。

書畫壁易石

靈壁出石，然多一面。劉氏園中砌臺下，有一株獨巉然，反覆可觀，作麋鹿宛頸狀。東坡居士欲得之，乃畫臨華閣壁，作醜石風竹。主人喜，乃以遺予居士，載歸陽羨。元豐八年四月六日。

書陳懷立傳神

傳神之難在於目。顧虎頭云：「傳神寫照，都在阿堵中，其次在顴頰。」吾嘗於燈下顧見頰影，使人就壁畫之，不作眉目，見者皆失笑，知其爲吾也。目與顴頰似，餘無不似者，眉與鼻口，蓋可增減取似也。傳神與相一道，欲得其人之天，法當於衆中陰察其舉止。今乃使具衣冠坐，注視一物，彼斂容自持，豈復見其天乎？凡人意思，各有所在，或在眉目，或在鼻口。虎頭云：「頰上加三毛，覺精采殊勝。」則此人意思，蓋在須頰間也。優孟學孫叔敖抵掌談笑，至使人謂死者復生，此豈能舉體皆似耶？亦得其意思所在而已。使畫者悟此理，則人人可謂顧、陸。吾嘗見僧惟真畫曾魯公，初不甚似。一日往見公歸而喜甚，曰「吾得之矣」。乃於眉後加三紋，隱約可見，作仰首上視，眉揚而頞蹙者，遂大似。南都人陳懷立傳吾神，衆以爲得其全者。懷立舉止如諸生，蕭然有意於筆墨之外者也，故以所聞者助發之。

跋畫苑

君厚《畫苑》，處不充篋笥，出不汗牛馬，明窗淨几，有坐臥之安，高堂素壁，無舒卷之勞，而人物禽魚之變態，山川草木之奇姿，粲然陳前，亦好事者之一適也。元祐二年二月八日，平叔借觀，子瞻書。

跋宋漢傑畫

僕曩與宋復古游，見其畫瀟湘晚景，爲作三詩。其略云：「逕遥趨後崦，水會赴前溪。」復古云：「子亦善畫也耶？」今其猶子漢傑亦復有此學，假之數年，當不減復古。元祐三年四月五日書。

又跋漢傑畫山

唐人王摩詰、李思訓之流，畫山川峰麓，自成變態，雖蕭然有出塵之姿，然頗以雲物間之，作浮雲杳靄，與孤鴻落照，滅没於江天之外。舉世宗之，而唐人之典刑盡矣。近歲惟范寬稍存古法，然微有俗氣。漢傑此山，不古不今，稍出新意，若爲之不已，當作著色山也。

又

觀士人畫，如閱天下馬，取其意氣所到。乃若畫工，往往只取鞭策皮毛，槽櫪芻秣，無一點俊發，看數尺許便卷。漢傑真士人畫也。

跋李伯時卜居圖

定國求余爲寫杜子美《寄贊上人》詩，且令李伯時圖其事，蓋有歸田意也。余本田家，少有志丘壑，雖爲搢紳，奉養猶農夫。然欲歸者蓋十年，勤請不已，僅乃得郡。士大夫逢時遇合，至卿相如反掌，惟歸田古今難事也。定國識之。吾若歸田，不亂鳥獸，當如陶淵明。定國若歸，豪氣不除，當如謝靈運也。

跋李伯時孝經圖

觀此圖者，易直子諒之心，油然生矣。筆迹之妙，不減顧、陸。至第十八章，人子之所不忍者，獨寄其髣髴，非有道君子不能爲，殆非顧、陸之所及。

跋盧鴻學士草堂圖

此唐盧丞相、段文昌本，今在內侍都知劉君元方家。元祐三年七月，予館伴北使於都亭驛，劉以示予，爲賦此篇。迨、過遠來省，書令同作。

跋南唐剔耳圖

王晉卿嘗暴得耳聾，意不能堪，求方於僕。僕答之云：「君是將種，斷頭穴胸，當無所惜，兩耳堪作底用，割捨不得？限三日疾去，不去，割取我耳。」晉卿洒然而悟，三日病良已，以頌示僕云：「老坡心急頻相勸，性難只得三日限。我耳已效君不割，且喜兩家總平善。」今見定國所藏《挑耳圖》，云得之晉卿，聊識此。

跋摘瓜圖

元稹《望雲騅歌》云：「明皇當時無此馬，不免騎驢來幸蜀。」信如稹言，豈有此權奇蹀躞與嬪御摘瓜山谷間，如思訓之圖乎？然祿山之亂，崔圖在蜀，儲設甚備，騎驢當時虛語耳。

書唐名臣像

李衛公言唐儉輩不足惜。觀其容貌，殆非所謂名下無虛士。

書許道寧畫

泰人有屈鼎筆者，許道寧之師。善分布澗谷，間見屈曲之狀，然有筆而無思致，林木皆晻靄而已。道寧氣格似過之，學不及也。

書黃魯直畫跋後三首

遠近景圖

此圖燕貴之來昆仍雲也。窮山野水，亦是林下人窠窟。然烈風偃草木，客子當藏舟入浦溆中，强人力牽挽，欲何之耶？雙井永思堂書。

舟未行而風作，固不當行，若中途遇風，不盡力牽挽以投浦岸，當何之耶？魯直怪舟師不善預相風色可也，非畫師之罪。紹聖二年正月十一日惠州。思無邪齋書。

北齊校書圖

往在都下，駙馬都尉王晋卿時時送書畫來作題品，輒貶剥令一錢不直。晋卿以爲言，庭堅曰：「書畫以韻爲主，足下囊中物非不以千錢購取，所病者韻耳。」收書畫者，觀予此語，三十年後當少識書畫矣。元祐九年四月戊辰，永思堂書。

畫有六法，賦彩拂澹其一也，工尤難之。此畫本出國手，止用墨筆，蓋唐人所謂粉本。而近歲畫師乃爲賦彩，使此六君子者皆涓然作何郎傅粉面，故不爲魯直所取。然其實善本也。紹聖二年正月十二日，思無邪齋書。

右軍斫膾圖

徐彦和送此本來，云是王右軍《斫膾圖》。予觀此榻上偃蹇者，定不解書《蘭亭序》也。右軍在會稽時，桓温求側理紙，庫中有五十萬，盡付之。計此風神，必有嵓壑之姿耳。永思堂書。

謝安石人物爲江左第一，然其爲政殊未可。逸少意作書譏誚，殆欲痛哭，此所謂君子愛人以德者。以紙五十萬與桓温，何足道？此乃史官之陋，而魯直亦云爾，何哉？書生見五十萬紙，足了一世，舉以與人，真異事耳。本傳又云，蘭亭之會，或以比金谷，而以逸少比季倫，逸少聞之甚喜。金谷之會，皆望塵之友也，季倫之於逸少，如鵾鳶之於鴻鵠，尚不堪作奴，而以自比，決是宋晉間妄語。史官許敬宗，真人奴也，是季倫金多，以爲賢於逸少。今魯直又怪畫師不能得逸少高韻，豈不難哉？余在惠州，徐彦和寄此畫求余跋尾，書此以發千里一笑。紹聖二年正月十二日，東坡居士書。

跋醉道士圖 并章子厚跋

僕素不喜酒，觀正父《醉士圖》，以甚畏執盃持耳翁也。子瞻書。

僕觀《醉道士圖》，展卷末諸君題名，至子瞻所題，發噱絶倒。子厚書。

再跋

熙寧元年十二月二十九日，再過長安，會正父於毋清臣家。再觀《醉士圖》，見子厚所題，知其爲予噱也。持耳翁，余固畏之，若子厚，乃求其持而不得者，他日再見，當復一噱。時與清臣、堯夫、子由同觀。子瞻書。

酒中固多味，恨知之者寡耳。若持耳翁，已太苛矣。子瞻性好山水，尚不肯渡仙游潭，況於此而知味乎，宜其畏也。正父赴豐國時，子厚令武進，復題此，以繼子瞻之後。己酉端午後一日。

書墨

余蓄墨數百挺，暇日輒出品試之，終無黑者，其間不過一二可人意。以此知世間佳物，自是難得。茶欲其白，墨欲其黑，方求黑時嫌漆白，方求白時嫌雪黑，自是人不會事也。

試墨

世人言竹紙可試墨，誤矣。當於不宜紙上，竹紙蓋宜墨。若池、歙精白玉版，乃真可試墨。若於此紙上黑，無所不黑矣。褪墨石硯上研，精白玉版上書，凡墨皆敗矣。

書徂徠煤墨

徂徠珠子煤，自然有龍麝氣，以水調匀，以刀圭服，能已鬲氣，除痰飲。專用此一味，阿膠和之，擣數萬杵，即爲妙墨，不俟餘法也。陳公弼在汶上作此墨，謂之黑龍髓，後人盜用其名，非也。

記李公擇惠墨

李公擇惠此墨半丸，其印文云「張力剛」，豈墨匠姓名耶？云得之高麗使者。其墨鮮光而淨，豈減李廷珪父子乎？試復觀之。勸君不好書，而自論墨拳拳如此，乃知此病吾輩同之，可以一笑。

記李方叔惠墨

李方叔遺墨，二十八九皆麝香氣襲人，云是元存道曾倅陰平，得麝數十臍，皆盡之於墨。雖近歲貴人造墨，亦未有用爾許麝也。

書清悟墨

川僧清悟遇異人傳墨法，新有名江淮間，人未甚貴之。予與王文甫各得十九，用海東羅文麥光紙作此大字數，紙堅韌異常，可傳五六百年。意使清悟託此以不朽也。

書張遇潘谷墨 寄王禹錫

麝香張遇墨兩丸，或自內廷得之以見遺，藏之久矣。今以奉寄。制作精至，非常墨所能髣髴。請珍之，請珍之。又大小八丸，此潘谷與一貴人造者，谷既死，不可復得，宜寶秘也。

書龐安時見遺廷珪墨

吾蓄墨多矣，其間數丸云是廷珪造，雖形色異衆，然歲久，墨之亂真者多，皆疑而未決也。有人蓄此墨再世矣，不幸遇重病，醫者龐安時愈之，不敢取一錢，獨求此墨，已而傳遺余，求書數幅而已。安時蘄水人，術學造妙，而有賢行，大類蜀人單驤。善療奇疾，字安常。知古今，删録張仲景已後《傷寒論》，極精審，其療傷寒，蓋萬全者也。

書吕行甫墨顛

吕希彦行甫，相門子，行義有過人者，不幸短命死矣。平生藏墨，士大夫戲之爲墨顛。功甫亦與之善，出其所遺墨，作此數字。

書李公擇墨蔽

李公擇見墨輒奪，相知間抄取殆遍。近有人從渠許來，云懸墨滿室，此亦通人之一蔽也。余嘗有詩云：「非人磨墨墨磨人。」此語殆可凄然云。

書李憲臣藏墨

余爲𡰪繹顔先生作集引，其子復長道以李廷珪墨見遺。形製絶類此墨，以金塗龍及銘，云「李憲臣新蓄賜墨也」。此墨最久而黑如此，殆是真耶。

書石昌言愛墨

石昌言蓄廷珪墨，不許人磨。或戲之云，子不磨墨，墨當磨子。今昌言墓木拱矣，而墨故無恙，可以爲好事者之戒。

書沈存中石墨

陸士衡與士龍書云：「登銅雀臺，得曹公所藏石墨數甕，今分寄一螺。」《大業拾遺記》：「宫人以蛾緑畫眉。」亦石墨之類也。近世無復此物。沈存中帥鄜延，以石燭煙，作墨堅重，而黑在松煙之上。曹公所藏，豈此物也耶。

書所造油煙墨

凡煙皆黑，何獨油煙爲墨則白？蓋松煙取遠，油煙取近，故爲熖所灼而白耳。

予近取油煙，纔積便掃，以爲墨皆黑，殆過於松煤。但調不得法，不爲佳墨。然則非煙之罪也。

書别造高麗墨

余得高麗墨，碎之，雜以潘谷墨，以清悟和墨法劑之爲握子，殊可用。故知天下無棄物也，在處之如何爾。和墨惟膠當乃佳，膠當而不失清和，乃爲難耳。清悟墨膠水寒之，可切作水精膾也。

書馮當世墨

馮當世在西府，使潘谷作墨銘云「樞庭東閣」，此墨是也。阮孚云：「一生當著幾緉屐。」僕云：「不知當用幾丸墨。」人常惜墨不磨，終當爲墨所磨。

書懷民所遺墨

世人論墨多貴其黑，而不取其光，光而不黑，固爲棄物，若黑而不光，索然無神采，亦復無用。要使其光清而不浮，湛湛如小兒目精，乃爲佳也。懷民遺僕二枚，其陽云「清煙煤法墨」，其陰云「道卿既黑而光」，殆如前所云者，書以報之。

書求墨

阮生云：「未知一生當著幾緉屐。」吾有佳墨七十丸，而猶求取不已，不近愚耶。

書雪堂義墨

元祐二年十二月二十一日，駙馬都尉王晉卿致墨二十六丸，凡十餘品。雜研之，作數十字，以觀其色之深淺，若果佳，當擣合爲一品，亦當爲佳墨。予昔在黃州，鄰近四五郡皆送酒，予合置一器中，謂之雪堂義樽。今又當爲雪堂義墨耶？

書北虜墨

雲菴有墨銘云「陽嵓鎮造」，云是北虜墨，陸子履奉使得之者。

書廷珪墨

昨日有人出墨數寸，僕望見知其爲廷珪也。凡物莫不然，不知者如烏之雌雄，其知之者如烏、鵠也。

記奪魯直墨

黄魯直學吾書，輒以書名於時，好事者爭以精紙妙墨求之，常攜古錦囊，滿中皆是物也。一日見過，探之得承晏墨半廷，魯直甚惜之，曰：「群兒賤家雞，嗜野鶩。」遂奪之，此墨是也。元祐四年三月四日。

書茶墨相反

茶欲其白，常患其黑，墨則反是。然墨磨隔宿則色暗，茶碾過日則香減，頗相似也。茶以新爲貴，墨以古爲佳，又相反矣。茶可於口，墨可於目。蔡君謨老病不能飲，則烹而玩之。吕行甫好藏墨而不能書，則時磨而小啜之。此又可以發來者之一笑也。

記温公論茶墨

司馬温公嘗曰：「茶與墨政相反。茶欲白，墨欲黑。茶欲重，墨欲輕。茶欲新，墨欲陳。」予曰：「二物之質誠然，然亦有同者。」公曰謂何。予曰：「奇茶妙墨皆香，是其德同也。皆堅，是其操同也。譬如賢人君子，妍醜黔晳之不同，其德操韞藏，實無以異。」公笑以爲是。

元祐五年十二月二十六日，醇老、全翁、元之、敦夫、子瞻同游南屏寺，寺僧謙出奇茗如玉雪。適會三衢蔡熙之子瑫出所造墨，黑如漆。墨欲其黑，茶欲其白，物轉顛倒，未知孰是。大衆一笑而去。

書柳氏試墨

昨日有人點第一綱龍團，香味十倍常茶。如使諸葛鼠須筆，金蘭子入手，不似有鋒刃。惟有此物似之。元祐八年三月十八日，過柳仲遠試墨書此。此墨云「文公檜鼯䑕」，不知其所謂也。

書李承晏墨

近時士大夫多造墨，墨工亦盡其技，然皆不逮張李古劑，獨二谷亂真，蓋亦竊取其形製而已。吴子野出此墨，云是孫準所遺，李承晏真物也。當以色考之，仍以數品比較，乃定真僞耳。紹聖丙子十二月二十一日書。

書潘谷墨

賣墨者潘谷，余不識其人，然聞其所爲非市井人也。墨既精妙，而價不二，士或不持錢求墨，不計多少與之，此豈徒然者哉？余嘗與詩云：「一朝入海尋李白，空看人間畫墨仙。」一日忽取欠墨錢券焚之，飲酒三日，發狂浪走，遂赴井死。人下視之，蓋趺坐井中，手尚持數珠也。見張元明，言如此。

試東野暉墨

世言蜀中冷金牋最宜爲墨，非也。惟此紙難爲墨。嘗以此紙試墨，惟李廷珪乃黑。此墨兖人東野暉所製，每枚必十千，信亦非凡墨之比也。

書裴言墨

潘谷、郭玉、裴言皆墨工，其精粗次第如此。此裴言墨也，比常墨差勝，云是與曹王製者，當由物料精好故耶。

書王君佐所蓄墨

君佐所蓄新羅墨，甚黑而不光，當以潘谷墨和之，乃爲佳絶。今時士大夫多貴蘇浩然墨，浩然本用高麗煤雜遠煙作之。高麗墨若獨使，如研土炭耳。

書潘衡墨

金華潘衡初來儋耳，起竈作墨，得煙甚豐，而墨不甚精。予教其作遠突寬竈，得煙幾減半，而墨乃爾。其印文曰「海南松煤東坡法墨」，皆精者也。常當防墨工盜用印，使得墨者疑耳。此墨出灰池中，未五日而色已如此，日久膠定，當不減李廷珪、張遇也。元符二年四月十七日。

書海南墨

此墨吾在海南親作，其墨與廷珪不相下。海南多松，松多故煤富，煤富故有擇也。

記海南作墨

己卯臘月二十三日，墨竈火發幾焚屋，救滅遂罷作墨。得佳墨大小五百丸，入漆者幾百丸，足以了一世，仍以遺人，所不知者何人也。餘松明一車，仍以照夜。二十八日二鼓，作此紙。

書孫叔靜常和墨

孫叔靜用劍脊墨，極精妙。其文曰「太室常和」，常和蓋少室間道人也。賣墨收其贏，以起三清殿。墨甚堅而黑，近歲善墨，唯朱覲及此耳。覲，九華人。

記王晉卿墨

王晉卿遺墨，用黃金丹砂，墨成價與金等。三衢蔡瑫自煙煤膠外，一物不用，特以和劑有法，甚黑而光，殆不減晉卿。胡人謂犀黑暗，象白暗，可以名墨，亦可以名茶。

書鄭君棄絹紙

僕謫居黃州，鄭元輿君亦官于黃。一日以此紙一軸求僕書，云：「有故人孟陽，酷好君書，屬予多爲求之。」仍出孟君書數紙。其人亦善用筆，落筆灑然，雖僕何以加之。鄭君言其意勤甚，殆不可不許。後數日，適會中秋，僕與客飲江亭，醉甚乃作此數紙。時元豐四年也。明日視之，乃絹也。然古者本謂絹紙，近世失之云。

書六合麻紙

成都浣花溪，水清滑勝，常以漚麻楮，作牋紙，緊白可愛。數十里外便不堪造。信水之力也。揚州有蜀岡，岡上有大明寺井，知味者以謂與蜀水相似。西至六合，岡盡而水發，合爲大溪。溪左右居人亦造紙，與蜀産不甚相遠。自十年以來，所産益多，工亦益精。更數十年，當與蜀紙相亂也。

書布頭牋

川牋取布機餘經不受緯者治作之，故名布頭牋。此紙冠天下。六合人亦作，終不佳。

書海苔紙

昔人以海苔爲紙，今無復有。今人以竹爲紙，亦古所無有也。付子過。予自謂此字不惡，然後世觀之，必疑其爲模本也。

書石晋筆仙

石晋之末，汝州有一士，不知姓名。每夜作筆十管付其家，至曉闔户而出，面街鑿壁，實以竹筒，如引水者。有人置三十錢，則一筆躍出，以勢力取之莫得也。筆盡則取錢，攜一壺，買酒吟嘯自若。率嘗如此，凡三十載，忽去不知所在。又數十年復有見之者，顏貌如故人，謂之筆仙。

書諸葛筆

宣州諸葛氏筆，擅天下久矣。縱其間不甚佳者，終有家法。如北苑茶、内庫酒、教坊樂，雖弊精疲神，欲强學之，而草野氣終不可脱。

書錢塘程奕筆

近年筆工不經師匠，妄出新意。擇毫雖精，形製詭異，不與人手謀。獨錢塘程奕所製，有三十年先輩意味，使人作字不知有筆，亦是一快。吾不久行當致數百枝而去，北方無此筆也。

記南兔毫

余在北方食麞兔極美，及來兩浙江淮，此物稀少，宜其益珍。每得食，率少味，及微腥有魚蝦氣。聚其皮數十以易筆於都下，皆云此南兔，不經霜雪，毫漫不可用。

乃知此物本不産陂澤間也。

記都下熟毫

近日都下筆皆圓熟少鋒，雖軟美易使，然百字外力輒衰。蓋製毫太熟使然也。鬻筆者既利於易敗而多售，買筆者亦利其易使，惟諸葛氏獨守舊法，此又可喜也。

記古人繫筆

繫筆當用生毫，筆成，飯甑中蒸之，熟一斗飯乃取出，懸水甕上數月乃可用。此古法也。

記歐公論把筆

把筆無定法，要使虛而寬。歐陽文忠公謂余：「當使指運而腕不知。」此語最妙。方其運也，左右前後，却不免欹側。及其定也，上下如引繩，此之謂筆正。柳誠懸之語良是。

書諸葛散卓筆

散卓筆惟諸葛能之，他人學者皆得其形似，而無其法，反不如常筆。如人學杜甫詩，得其粗俗而已。

書杜君懿藏諸葛筆

杜叔元君懿善書，學李建中法。爲宣州通判，善待諸葛氏，如遇士人，以故爲盡力，常得其善筆。余應舉時，君懿以二筆遺余，終試筆不敗。其後二十五年，余來黄州，君懿死久矣，而見其子沂，猶蓄其父在宣州所得筆也，良健可用。君懿膠筆法，每一百枝用水銀粉一錢，上皆以沸湯調研如稀糊，乃以研墨膠，筆永不蠹，且潤軟不燥也。非君懿善藏，亦不能如此持久也。

書唐林夫惠諸葛筆

唐林夫以諸葛筆兩束寄僕。每束十色，奇妙之極。非林夫善書，莫能得此筆。林夫又求僕行草，故爲作此數紙。元豐六年十月十五醉中題。

書黄魯直惠郎奇筆

僕應舉時常用郎奇筆，近歲不復有，不知奇之存亡。今日忽於魯直處得之。魯直云：「奇中風十許年，近忽無恙。此筆不當供答義人，當與作賦人用也。」

書魯直所藏徐偃筆

魯直出衆工筆，使僕歷試之。筆鋒如著鹽曲蟮，詰曲紙上。魯直云：「此徐偃筆也，有筋無骨。」真可謂名不虛得。

書吳説筆

筆若適士大夫意，則工人不能用，若便於工書者，則雖士大夫亦罕售矣。屠龍不如履豨，豈獨筆哉。君謨所謂藝益工而人益困，非虛語也。吳政已亡，其子説頗得家法。

試吳説筆

前史謂徐浩書，鋒藏畫中，力出字外。杜子美云：「書貴瘦硬方通神。」若用今時筆工，虛鋒漲墨，則人人皆作肥皮饅頭矣。用吳説筆作此數字，頗適人意。

書嶺南筆

紹聖三年五月二十七日，過水西見賣筆者。形製粗似筆，以二十錢易兩枝。墨水相浮，紛然欲散，信嶺南無筆也。

書孫叔靜諸葛筆

久在海外，舊所賚筆皆腐敗。至用雞毛筆，拒手獰劣，如魏元忠所謂騎窮相驢脚摇鐙者。今日忽於孫叔靜處用諸葛筆，驚歎此筆乃爾蘊藉耶。

書贈孫叔靜

今日於叔靜家飲官法酒，烹團茶，燒衙香，用諸葛筆。皆北歸喜事。

書王定國贈吴説帖　定國帖附

定國吴硯，李文靖奉使江南得之。鞏獲於其孫，蓋作風字樣，收水處微損，以漆固之。子瞻作《清虚居士真贊》，取以爲潤筆。子瞻今去國萬里，然與硯俱乎。紹聖乙亥春至廣陵，吴説以筆工得子瞻書《吴硯銘》，覽之悵然。平生交游，十年升沉，惟子瞻爲耐久。何日復相從，以硯墨紙筆爲適也。王鞏定國書。

此吴汪少微硯也。

去國八年，歸見中原士大夫皆用散毫作無骨字。買筆於市，皆散軟一律。惟廣陵吴説，獨守舊法。王定國謂往還中無耐久者矣，説筆工而獨耐久，吾甚嘉之。建中靖國元年五月二十日，東坡居士書。

書鳳咮硯

建州北苑鳳凰山，山如飛鳳下舞之狀。山下有石，聲如銅鐵，作硯至美，如有膚筠然，此殆玉德也。疑其太滑，然至益墨。熙寧五年，國子博士王頤始知以爲硯，而求名於余。余名之曰「鳳咮」。且又戲銘其底云：「坐令龍尾羞牛後。」歙人甚病此言。余嘗使人求硯於歙，歙人云何不只使鳳咮石，卒不得善硯。乃知名者物之累，爭媢之所從出也。或曰，石不知，惡爭媢也。余曰，既不知惡爭媢，則亦不知好美名矣。

書硯

硯之發墨者必費筆，不費筆則退墨，二德難兼。非獨硯也。大字難結密，小字常局促，真書患不放，草書苦無法。茶苦患不美，酒美患不辣。萬事無不然，可一大笑也。

書　硯 贈段璵

硯之美，止於滑而發墨，其他皆餘事也。然此兩者常相害。滑者輒褪墨。余作《孔毅夫硯銘》云：「澀不留筆，滑不拒墨。」毅夫甚以爲名言。

書呂道人硯

澤州呂道人沉泥硯，多作投壺樣。其首有呂字，非刻非畫，堅緻可以試金。道人已死，硯漸難得。元豐五年三月七日，偶至沙湖黄氏家見一枚。黄氏初不知貴，乃取而有之。

書名僧令休硯

黄岡主簿段君璵，嘗於京師傭書人處得一風字硯。下有刻云：「祥符己酉，得之於信州鉛山觀音院，故名僧令休之手琢也。明年夏於鵝湖山刻記。」錢易希白題其側，又刻「荒靈」二字。硯蓋歙石之美者。己酉至今七十四年，令休不知爲何僧也。禪月、貫休信州人，令休豈其兄弟歟？嘗以問鉛山人，而「荒靈」二字莫曉其意。段君以硯遺余，故書此數紙以報之。元豐六年冬至日書。

富陽令馮君嘗爲黄岡，故獲此書於段元祐。五年四月十八日復見之，時爲錢塘守。

書許敬宗硯

都官郎中杜叔元君懿，有古風字硯，工與石皆出妙美。相傳是許敬宗硯。初不甚信，其後杭人有網得一銅匣於浙江中者，有鑄成許敬宗字，與硯適相宜，有容兩足處，無毫髮差，乃知真敬宗物也。君懿嘗語余：「吾家無一物，死，當以此硯作潤筆，求君誌吾墓也。」君懿死，其子沂歸硯請誌，而余不作墓誌久矣，辭之。沂乃以硯求之於余友人孫莘老，莘老笑曰：「敬宗在，正堪斫以飼狗耳，何以其硯爲。」余哀此硯之不幸，一爲敬宗所辱，四百餘年矣，而垢穢不磨。方敬宗爲姦時，硯豈知之也哉？以爲非其罪，故乞之於孫莘老，爲一洗之。匣今在唐氏，唐氏甚惜之，求之不可得。硯之美既不在匣，而上有敬宗姓名，蓋不必蓄也。

又 兩本小異，竝出之。

杜叔元字君懿，爲人文雅，學李建中書，作詩亦有可觀。蓄一硯，云家世相傳，是許敬宗硯。始亦不甚信之，其後官於杭州，漁人於浙江中網得一銅匣，其中有鑄成許敬宗字，硯有兩足，正方而匣，亦有容足處，不差毫毛，始知真敬宗物。君懿與吾先君善，先君欲求其硯而不可。君懿既死，其子沂以硯遺余求作墓銘，余平生不作此文，乃歸其硯，不爲作。沂乃以遺孫覺莘老，而得志文。余過高郵，莘老出硯示余曰：「敬宗在，正好棒殺，何以其硯爲。」余以謂憎而知其善，雖其人且不可廢，況其硯。乃問莘老求而得。硯，端溪紫石也，而滑潤如玉，殺墨如風，其磨墨處微窪，真四百餘年物也。匣今在唐諲處，終當合之。

書汪少微硯

予家有歙硯，底有款識云：「吴順義元年，處士汪少微。」銘云：「松操凝煙，楮英鋪雪。毫穎如飛，人間五絶。」所頌者三物爾，蓋所謂硯與少微爲五耶？

書唐林夫惠硯

行至泗州，見蔡景繁附唐林夫書信，與余端硯一枚，張過墨半螺。硯極佳，但小而凸，磨墨不甚便。作硯者意待數百年後硯平乃便墨耳。一硯猶須作數百年計，而作事乃不爲明日計，可不謂大惑耶。

書鳳咮硯

僕好用鳳咮石硯，然論者多異同。蓋自少得真者，爲黯黯灘石所亂耳。

書瓦硯

以瓦爲硯，如以鐵爲鏡而已，必求其用，豈如銅與石哉。而世常貴之，豈所謂苟異者耶。

評淄端硯

淄石號韞玉硯，發墨而損筆。端石非下嵓者，宜筆而褪墨。二者當安所去取？用褪墨硯，如騎鈍馬，數步一鞭，數字一磨，不如騎騾用瓦硯也。

書青州石末硯

柳公權論硯，甚貴青州石末，云「墨易冷」，世莫曉其語。此硯青州甚易得，凡物耳，無足珍者。蓋出陶竈中，無澤潤理。唐人以此作羯鼓腔，與定州花瓷作對，豈硯材乎？硯當用石，如鏡用銅，此真材本性也。以瓦爲硯，如以鐵爲鏡，人之待瓦鐵也微，而責之也輕，粗能爲墨照影便稱奇物，其實豈可與真材本性者同日而論哉？

書月石硯屏

李獻父遺余天台玉板紙，殆過澄心堂，頃所未見。月石屏扪之，月微凸，乃僞也。真者必平。然多不圓，圓而平，桂滿而不出，此至難得，可寶。

書曇秀龍尾硯

曇秀畜龍尾石硯，僕所謂澀不留筆，滑不拒墨者也。製以拱壁，而以鈌月爲池，云是蔣希魯舊物。予頃在廣陵，嘗從曇秀識此硯。今復見之嶺海間，依然如故人也。

書陸道士鏡硯

陸道士蓄一鏡一硯，皆可寶。硯圓首斧形，色正青，背有却月金文，甚能克墨而宜筆，蓋唐以前物也。鏡則古矣，其背文不可識。家有鏡，正類是。其銘曰：「漢有善銅出白陽，取爲鏡，清如明。左龍右虎俌之。」以銘文考之，則此鏡乃漢物也耶？吾嘗以示蘇子容，子容以博學名世，曰：「此鏡以前皆作此，蓋禹鼎象物之遺法也。

白陽，今無此地名。楚有白公，取南陽白水爲邑，白陽豈白水乎？漢人『而』、『如』通用。」皆子容云。鏡心微凸，鏡面小而直，學道者謂是聚神鏡也。丙子十二月一日書。

書雲菴紅絲硯

唐彦猷以青州紅絲石爲甲，或云惟堪作骰盆，蓋亦不見佳者。今觀雲菴所藏，乃知前人不妄許可。

東坡題跋卷之六

宋　眉山蘇軾　撰
明　虞山毛晋　訂

雜書琴事 贈陳季常

家藏雷琴

余家有琴，其面皆作蛇蚹紋，其上池銘云：「開元十年造，雅州靈開材。」其下池銘云：「雷家記八日合。」不曉其「八日合」爲何等語也。其嶽不容指，而絃不收，此最琴之妙，而雷琴獨然。求其法不可得，乃破其所藏雷琴求之，琴聲出於兩池間，其背微隆若薤葉然，聲欲出而隘，徘回不去，乃有餘韻。此最不傳之妙。

歐陽公論琴詩

「昵昵兒女語，恩怨相爾汝。劃然變軒昂，勇士赴敵場。」此退之《聽穎師琴》詩也。歐陽文忠公嘗問僕：「琴詩何者最佳？」余以此答之。公言此詩固奇麗，然自是聽琵琶詩。余退而作《聽杭僧惟賢琴》詩云：「大絃春温和且平，小絃廉折亮以清。平生未識宮與角，但聞牛鳴盎中雉登木。門前剥啄誰扣門，山僧未閒君勿嗔。歸家且覓千斛水，淨洗從前箏笛耳。」詩成欲寄公而公薨，至今以爲恨。

張子野戲琴妓

尚書郎張先子野，杭州人，善戲謔，有風味。見杭妓有彈琴者，忽舞掌曰：「異哉，此箏不見許時，乃爾黑瘦耶。」

琴非雅聲

世以琴爲雅聲，過矣。琴正古之鄭、衛耳，今世所謂鄭、衛者，乃皆胡部，非復中華之聲。自天寶中坐立部與胡部合，自爾莫能辨者。或云今琵琶中有獨彈，往往有中華鄭、衛之聲，然亦莫能辨也。

琴貴桐孫

凡木本實而末虚，惟桐反之。試取小枝削，皆堅實如蠟，而其本皆中虚空，故世

所以貴孫枝者，貴其實也。實，故絲中有木聲。

戴安道不及阮千里

阮千里善彈琴，人聞其能，多往求聽，不問貴賤長幼，皆爲彈之，神氣沖和，不知何人所在。内兄潘岳每命鼓琴，終日達夜無忤色，識者歎其恬澹，不可榮辱。戴安道亦善鼓琴，武陵王晞使人召之，安道對使者破琴曰：「戴安不爲王門伶人。」余以謂安道之介，不如千里之達。

琴鶴之禍

衛懿公好鶴以亡其國，房次律好琴得罪至死。乃知燒煮之士亦自有理。

天陰絃慢

或對一貴人彈琴者，天陰聲不發，貴人怪之曰「豈絃慢故」。或對曰「絃也不慢」。

桑葉揩絃

琴絃舊則聲闇，以桑葉揩之輒復如新，但無如其青何耳。

文與可琴銘

文與可家有古琴，予爲之銘曰：「攫之幽然，如水赴谷。醳之蕭然，如葉脱木。按之噫然，應指而長言者似君。置之枵然，遺形而不言者似僕。」與可好作楚詞，故有長言似君之句。「醳」、「釋」同。鄒忌論琴云：「攫之深，醳之愉。」此言爲指法之妙爾。

雜書琴曲 贈陳季常

元豐四年六月二十三日，陳季常處士自岐亭來訪予，攜精筆佳紙妙墨，求予書。會客有善琴者，求予所蓄寶琴彈之，故所書皆琴事。

子夜歌

《子夜歌》者，女子名子夜，造此聲。晋孝武帝太元中，瑯琊王軻之家有鬼歌《子夜》，則子夜是此時人也。

鳳將雛

《鳳將雛》者，舊曲也。應璩《百一詩》云是《鳳將雛》，則其來久矣。

前溪歌

《前溪歌》者，車騎將軍沈充。

阿子歌

《阿子》及《歡聞歌》者，穆帝升平初，歌畢輒呼「阿子汝聞否」。後人衍其聲爲此曲。

團扇歌

《團扇歌》者，中書令王珉與嫂婢有情愛，箠撻過苦。婢素善歌，而珉好執白團扇，故作此聲。

懊儂歌

《懊儂歌》者，隆安初俗間訛謡之曲。

長史變

《長史變》者，司徒左長史王廞臨敗所作。

凡此諸曲，皆徒歌，既而被之管絃者。有因金石絲竹造歌以被之，如魏世《三調歌》之類是也。

杯柈舞

《杯柈舞》，手接杯柈反覆之。漢世惟有柈舞，而晋加之以杯。

公莫舞

《公莫舞》，今之巾舞也。相傳項莊舞劍，項伯以袖隔之，使不及高祖，且語莊云「公莫舞」。

公莫渡河

琴操有《公莫渡河》，其聲所從來已久，俗云項伯，非也。

白紵歌

《白紵》本吴地所出，宜是吴舞也。晋《俳歌》云：「皎皎白緒，節節爲叢。」吴音謂緒紵琴，白紵即白緒也。

瑤池燕

琴曲有《瑤池燕》，其詞既不甚佳，而聲亦怨咽。或改其詞作《閨怨》云：「飛花成陣春心困。寸寸別腸，多少愁悶，無人問。偷啼自揾殘粧粉。抱瑤琴，尋出新韻。玉纖趁。南風未解幽慍。低雲鬟。眉峰斂暈嬌和恨。」

此曲奇妙，季常勿妄以與人。

書士琴 贈吳主簿

武昌主簿吳亮君采攜其故人士琴之説，與高齋先生之銘、空同子之文、太平之頌以示余。余不識沈君，而讀其書，反覆其義趣，如見其人，如聞士琴之聲。余昔從高齋先生游，嘗見其寶一琴，無銘無識，不知其何代物也。請以告二子，使從先生求觀之。此士琴者，待其琴而後和。元豐六年閏六月二十四日書。

書醉翁操後

二水同器，有不相入。二琴同手，有不相應。今沈君信手彈琴，而與泉合，居士縱筆作詩，而與琴會，此必有真同者矣。本覺法真禪師，沈君之子也，故書以寄之。

願師宴坐靜室，自以爲琴，而以學者爲琴工，有能不謀而同三令無際者，願師取之。元祐七年四月二十四日。

書文忠贈李師琴詩

與次公聽賢師琴，賢求詩，倉卒無以應之。次公曰：「古人賦詩皆歌所學，何必己云。」次公因誦歐陽公贈李師詩，囑余書之以贈焉。元祐四年九月二十一日。

書林道人論琴碁

元祐五年十二月一日，游小靈隱，聽林道人論琴碁，極通妙理。余雖不通此二技，然以理度之，知其言之信也。杜子美論畫云：「更覺良工心獨苦。」用意之妙，有舉世莫之知者，此其所以爲獨苦歟？

書仲殊琴夢

元祐六年三月十八日五鼓，船泊吴江，夢長老仲殊彈一琴，十三絃頗壞損，而有異聲。余問云：「琴何爲十三絃？」殊不答，但誦詩曰：「度數形名豈偶然，破琴今有十三絃。此生若遇邢和璞，方信秦箏是響泉。」夢中了然諭其意，覺而識之。今晚到蘇州，殊或見過，即以示之。寫至此，筆未絶而殊老叩舷來見，驚歎不已，遂以贈之。時去州五里。

書王進叔所蓄琴

知琴者以謂前一指後一紙爲妙，以蛇蚹紋爲古。進叔所蓄琴，前幾不容指，而後劣容紙，然終無雜聲，可謂妙矣。蛇蚹紋已漸出，後日當益增。但吾輩及見其斑斑焉，則亦可謂難老者也。元符二年十月二十三日，與孫叔靜皆云。

書黄州古編鐘

黄州西北百餘里有歐陽院，院僧蓄一古編鐘，云得之耕者。發其地獲四鐘，斷破其二，一爲鑄銅者取去，獨一在此耳。其聲空籠，然頗有古意。雖不見韶濩之音，猶可想見其髣髴也。

書古銅鼎

舊説明皇羯鼓，棬以油，注中不漏。或疑其誕。吾嘗蓄古銅鼎，蓋之煮湯而氣不出，乃知舊説不妄。

書金錞形製

《周禮》有金錞，《國語》有錞于丁寧，蕭齊始興王鑑嘗得之，高三尺六寸六分，圍三尺四寸，圓如筩銅，色黑如漆，上有銅馬，以繩懸馬，令去地尺餘，灌之以水，又以器盛水於下，以芒莖當心，跪注錞于，清響如雷，良久乃已。記者既能道其尺寸之詳如此，而拙於遺詞，使古器形製不可復得其髣髴，甚可恨也。

書李嵓老碁

南嶽李嵓老好睡。衆人飽食下碁，嵓老輒就枕，數局一展轉。云：「我始一局，君幾局矣。」東坡曰：「李嵓老常用四脚碁盤，只著一色黑子。昔與邊韶敵手，今被陳摶爭先。着時似有輸贏，着了并無一物。」歐陽公夢中作詩云：「夜涼吹笛千山月，路暗迷人百種花。碁罷不知人換世，酒闌無奈客思家。」殆是謂也。

書賈祐論真玉

步軍指揮使賈逵之子祐，爲將官徐州，爲予言：「今世真玉至少，雖金鐵不可近。須沙展而後成者，世以爲真玉矣，然猶未也。特珉之精者。真玉須定州磁芒所不能傷者乃是云。」問後苑老玉工，亦莫知其信否。

論　漆

漆畏蠏，予嘗使工作漆器，工以蒸餅潔手而食之，宛轉如中毒狀，亟以蠏食之乃甦。墨入漆最善，然以少蠏黄敗之乃可，不爾即堅頑不可用也。

題雲安下岩

子瞻、子由與侃師至此，院僧以路惡見止。不知僕之所歷，有百倍於此者矣。丁未正月二十日書。

書游靈化洞

予始與曾元恕入靈化洞，迫于日暮，而元恕又畏其險，故不果盡而還。及此與吕穆仲游，穆仲勇發過我，遂相與至昔人之所未至，而驚世詭異之觀有不可勝談者。余欲疏其一二，以告來者，又恐爲造物者所愠。後有勇往如吾二人，至吾之所至，當自知之。

記公擇天柱分桃

李公擇與客游天柱寺，還過司命祠下，道傍見一桃爛熟可愛，當往來之衝，而不爲人之所得，疑其爲真靈之瑞，分食之則不足，衆以與公擇，公擇不可。時蘇、徐二客皆有老母七十餘，公擇使二客分之，歸遺其母，人人滿意，過於食桃。此事不可不識也。

書游垂虹亭

吾昔自杭移高密，與楊元素同舟，而陳令舉、張子野皆從吾過李公擇於湖，遂與劉孝叔俱至松江。夜半月出，置酒垂虹亭上，子野年八十五，以歌詞聞於天下，作《定風波令》，其略云：「見説賢人聚吴分，試問，也應傍有老人星。」坐客歡甚，有醉倒者，此樂未嘗忘也。今七年爾，子野、孝叔、令舉皆爲異物，而松江橋亭，今歲九月七日，海風駕潮，平地丈餘，蕩盡無復孑遺矣。追思曩時，真一夢也。元豐四年十月二十日，黄州臨皋書。

記樊山

自余所居臨皋亭下，亂流而西，泊於樊山，爲樊口。或曰燔山，歲旱燔之，起龍致雨。或曰樊氏居之，不知孰是。其上爲盧洲，孫仲謀泛江遇大風，柂師請所之，仲謀欲往盧洲，其僕谷利以刀擬柂師，使泊樊口，遂自樊口鑿山通路，歸武昌，今猶謂之吴王峴。有洞穴，土紫色，可以磨鏡。循山而南，至寒谿寺，上有曲山，山頂即位壇、九曲亭，皆孫氏遺跡。西山寺泉水白而甘，名菩薩泉。泉所出石，如人垂手也。山下有陶母廟，陶公治武昌，既病登舟，而死於樊口。尋繹故迹，使人悽然。仲謀獵於樊口，得一豹，見老母，曰：「何不逮其尾？」忽然不見。今山中有聖母廟，予十五年前過之，見彼版彷彿有「得一豹」三字，今亡矣。

記赤壁

黄州守居之數百步爲赤壁，或言即周喻破曹公處，不知果是否。斷崖壁立，江水深碧，二鶻巢其上，上有二蛇，或見之。遇風浪靜，輒乘小舟至其下。捨舟登岸，入徐公洞，非有洞穴也，但山崦深邃耳。《圖經》云是徐邈，不知何時人，非魏之徐邈也。岸多細石，往往有温瑩如玉者，深淺紅黄之色，或細紋如人手指螺紋也。既數游，得二百七十枚，大者如棗栗，小者如芡實。又得一古銅盆盛之，注水粲然。有一枚如虎豹首，有口鼻眼處，以爲群石之長。

記漢講堂

漢時講堂今猶在，畫固儼然。丹青之古，無復前此。

書劉夢得詩記羅浮半夜見日事

山不甚高，而夜見日，此可異也。山有二樓，今延祥寺在南樓下，朱明洞在冲虚觀後，云是蓬萊第七洞天。唐永樂道士侯道華，以食鄧天師棗仙去。永樂有無核棗，人不可得，道華得之。余在岐下，亦得食一枚云。唐僧契虚遇人導游稚川仙府，真人問曰：「汝絶三彭之仇乎？」虚不能答。冲虚觀後有朱真人朝斗壇，近於壇上獲銅龍六，銅魚一。唐有《夢銘》，云「紫陽真人山玄卿撰」。又有蔡少霞者，夢遣書牌，題云「五雲閭吏蔡少霞書」。

記羅浮異境

有官吏自羅浮都虛觀游長壽，中路覩見道室數十間，有道士據檻坐，見吏不起。吏大怒，使人詰之，至則人室皆亡矣。乃知羅浮凡聖雜處，似此等異境，平生修行人有不得見者，吏何人乃獨見之？正使一凡道士，見己不起，何足怒。吏無狀如此，得見此者，必前緣也。

記與安節飲

元豐辛酉冬至，僕在黃州，姪安節不遠千里來省。飲酒樂甚，使作黃鐘《梁州》，仍令小童快舞一曲。醉後書此，以識一時之事。

記游定惠院

黃州定惠院東小山上，有海棠一株特繁茂，每歲盛開，必攜客置酒，已五醉其下矣。今年復與參寥師二三子訪焉，則園已易主。主雖市井人，然以予故稍加培治，山上多老枳木，性瘦韌，筋脈呈露，如老人項頸。花白而圓，如大珠纍纍，香色皆不凡。此木不爲人所喜，稍稍伐去，以予故，亦得不伐。既飲，往憩於尚氏之第。尚氏亦市井人也，而居處修潔，如吴越間人，竹林花圃皆可喜。醉卧小版閣上，稍醒，聞坐客崔成老彈雷氏琴，作悲風曉月，錚錚然意非人間也。晚乃步出城東，鬻大木盆，意者謂可以注清泉，瀹瓜李。遂夤緣小溝，入何氏、韓氏竹園。時何氏方作堂竹間，既闢地矣，遂置酒竹陰下。有劉唐年主簿者，餽油煎餌，其名爲甚酥，味極美。客尚欲飲，而予忽興盡，乃徑歸。道過何氏小圃，乞其藂橘移種雪堂之西。坐客徐君得之，將適閩中，以後會未可期，請予記之，爲異日拊掌。時參寥獨不飲，以棗湯代之。

題連公壁

俗語云「强將下無弱兵」，真可信。吾觀安國連公之子孫，無一不好事者，此寺當日盛矣。

書贈何聖可

歲云暮矣，風雨淒然。紙窗竹室，燈火青熒。輒於此間得少佳趣。今分一半，寄與黄岡何聖可。若欲同享，須擇佳客，若非其人，當立遣人去追索也。

書　雪

黄州今年大雪盈尺，吾方種麥東坡，得此固我所喜。但舍外無薪米者，亦爲之耿耿不寐。悲夫。

書　田

吾無求於世矣。所須二頃稻田，以克饘粥耳。而所至訪問，終不可得。豈吾道方艱難時無適而可耶？抑人生自有定分，雖一飽亦如功名富貴，不可輕得也耶？

書蜀公約鄰

范蜀公呼我卜鄰許下。許下多公卿，而我蓑衣蒻笠，放浪於東坡之上，豈復能事公卿哉？若人久放浪，不覺有病，忽然持養，百病皆作。如州縣久不治，因循苟簡，亦曰無事，忽遇能吏，百弊紛然，非數月不能清淨也。要且堅忍不退，所謂一勞永逸也。

書浮玉買田

浮玉老師元公欲爲吾買田京口，要與浮玉之田相近，此意殆不可忘。吾昔有詩云：「江山如此不歸山，山石見怪驚我頑。我謝江神豈得已，有田不歸如江水。」今有田矣而不歸，無乃食言於神也耶。

記承天夜游

元豐六年十月十二日夜，解衣欲睡，月色入戶，欣然起行。念無與爲樂者，遂至承天寺，尋張懷民。懷民亦未寢，相與步于中庭，庭下如積水空明，水中藻荇交橫，蓋竹柏影也。何夜無月，何處無竹柏，但少閒人如吾兩人者耳。

贈別王文甫

僕以元豐三年二月一日至黃州，時家在南都，獨與兒子邁來郡中，無一人舊識者。時時策杖至江上，望雲濤渺然，亦不知有文甫兄弟在江南也。居十餘日，有長而髯者惠然見過，乃文甫之弟子辯。留語半日，云：「迫寒食，且歸車湖。」僕送之江上，微風細雨，葉舟橫江而去。僕登夏隩尾高丘以望之，髣髴見舟及武昌乃還爾。後遂相往來，及今四周歲，相過殆百數，遂欲買田而老焉。然竟不遂。近忽量移臨汝，念將復去此，而後期不可必，感物悽然，有不勝懷者。浮屠不三宿桑下，有以也哉。七年三月九日。

再書贈王文甫

昨日大風欲去而不可，今日無風可去，而我意欲留。文甫欲我去者，當使風水與我意會。如此，便當作留客過歲准備也。

跋太虛辯才廬山題名

某與大覺禪師別十九年矣，禪師脱屣當世，雲棲海上，謂不復見記，乃爾拳拳耶？撫卷太息。欲一見之，恐不可復得。會與參寥師自廬山之陽竝出而東，所至皆禪師舊迹，山中人多能言之者。乃復書大虛與辯才題名之後，以遺參寥。太虛今年三十六，參寥四十二，某四十九，辯才七十四，禪師七十六矣。此吾五人者，當復相從乎？生者可以一笑，死者可以一歎也。元豐七年五月十九日，慧日院大雨中書。

泗岸喜題

謫居黄州五年，今日離泗州北行，岸上聞騾䭾鐸聲空籠，意亦欣然，蓋不聞此聲久矣。韓退之詩云：「照壁喜見蝎。」此語真不虛也。然吾方上書求居常州，豈魚鳥之性，終安於江湖耶？　元豐八年正月四日書。

書遺蔡允元

僕閒居六年，復出從仕。自六月被命，今始至淮上。大風三日不得渡，故人蔡允元來船中相別。允元眷眷不忍歸，而僕遲回不發，意甚願來日復風。坐客皆云東坡赴官之意，殆似小兒遷延避學。愛其語切類，故書之以遺允元，爲他日歸休一笑。

蓬萊閣記所見

登州蓬萊閣上，望海如鏡面，與天相際。忽有如黑豆數點者，郡人云海舶至矣。不一炊久，已至閣下。

書魯直浴室題名後 并魯直題

浴室院有蜀僧令宗，畫達摩以來六祖師，人物皆絕妙。其山川、花木、毛羽、衣盂諸物，畫工能知之。至於人有懷道之容，投機接物，目擊而百體從之者，未易爲俗人言也。此壁列於冠蓋之區，而湮伏不聞者數十年，晚得蜀人蘇子瞻乃發之。物不繫於世道，興衰亦有數如此。此寺井泉甘寒，師碾茶不落第二。陳季常，林下士也，寓棊簟於此。蘇子瞻、范子功數來從，故予過門必税駕焉。元祐三年，魯直題。

後五百歲，浴室丘墟，六祖變滅。蘇范黄陳，盡爲鬼録，而此書獨存。當有來者，會予此心，拊掌一笑。是月十五日戊子，子瞻書。

書請郡

今年吾當請廣陵，與子由相别。至廣陵逾月，遂往南郡。自南郡請梓州，泝流歸鄉，盡載家書而行。迤邐致仕，築室種果於眉，以須子由之歸而老焉。不知此願遂否？言之悵然也。

書贈柳仲矩

柳十九仲矩自共城來，持太官米作飯食我。且言百泉之奇勝，勸我卜鄰。此心飄然，已在太行之麓矣。元祐三年九月十七日。

杭州題名

元祐四年十月十七日，與曹晦之、晁子莊、徐得之、王元直、秦少章同來，時主僧皆出，庭户寂然，徙倚久之。東坡書。

又

余十五年前杖藜芒屨，往來南北山，此間魚鳥皆相識，況諸道人乎。再至惘然，皆晚生相對，但有愴恨。子瞻書。

題損之故居

元祐四年十月七日，始來損之故居，周覽遺迹。陶元亮云：「嗟歲月之遂往，悼吾年之不留。」若人猶爾，況吾儕乎。軾書。

書贈王元直

王箴字元直，小名三老，小字惇叔。元祐四年十月十八日夜，與王元直飲酒掇薺菜食之，甚美。頗憶蜀中巢菜，悵然久之。

又

王十六見惠拍版兩聯，意謂僕有歌人，不知初無有也。然亦有用，當陪傅大士唱

《金剛經頌》耳。元祐四年十一月四日二鼓。

又

元祐四年十一月二十八日，既雨微雪，予以寒疾在告，危坐至夜，與王元直飲薑蜜酒一杯，醺然徑醉。親執鎗匕作薺青蝦羹，食之甚美。他日歸鄉，勿忘此味也。

題萬松嶺惠明院壁

予去此十七年，復與彭城張聖途、丹陽陳輔之同來。院僧梵英，葺治堂宇，比舊加嚴潔。茗飲芳烈，問此新茶耶？英曰：「茶性新舊交則香味復。」予嘗見知琴者，言琴不百年，則桐之生意不盡，緩急清濁，常與雨暘寒暑相應。此理與茶相近，故并記之。

書贈張臨溪

吾友張希元有異材，使其登時遇合，當以功名聞。不幸早世，其命矣夫。元祐七年九月二日，行臨溪道中，見其子堂來令茲邑，問以民事，家風凜然，希元爲不亡矣。勉之，勉之，豈常棲枳棘間乎。東坡居士書。

書贈楊子微

故人楊濟甫之子明字子微，不遠數千里來見僕，與子由會。子由有汝海之行，僕亦還嶺表。子微追及僕於陳留，留連不忍去。欲作濟甫書，行役倦甚，不果。可持是示濟甫，此即書也，何必更作。子微篤學有文，自言知數術，云僕必不死嶺表。若斯言有徵，當爲寫《道德經》相償。此紙所以志也。紹聖元年閏四月十八日，新英州守蘇軾書。

題虔州祥符宮乞籤

沖妙先生李君思聰所製觀妙法像，軾以憂患之餘，稽首洗心，皈命真寂。自惟塵緣深重，恐此志不遂，敢以籤卜。得真君第二籤，云：「平生常無患，見善其何樂。執心既堅固，自勵勤修學。」敬再拜受教。書《莊子·養生主》一篇，致自勵之意，敢有廢墜，真聖殛之。紹聖元年八月二十三日，東坡居士南遷至虔，與王嵒翁同謁祥符宮，拜九天採訪使者堂下，觀觀妙法像，實聞此言。

題廣州清遠峽山寺

軾與幼子過同游峽山寺，徘徊登覽，想見長老壽公之高致，但恨溪水太峻，當少留之。若於淙碧軒之北，作一小閘，瀦爲澄潭，使人過閘上，雷吼雪濺，爲往來之奇觀。若夏秋水暴，自可爲啟閉之節。用陰陽家説，寺當少富云。紹聖元年九月十三日。

題壽聖寺

蜀人蘇軾子瞻南遷，幼子過同游壽聖寺。遇隱者石君汝礪器之，話羅浮之勝，至暮乃去。

書卓錫泉

予頃自汴入淮，泛江泝峽歸蜀。飲江淮水蓋彌年，既至，覺井水腥澀，百餘日然後安之。以此知江水之甘於井也，審矣。今來嶺外，自揚子始飲江水，及至南康，江益清駛，水益甘，則又知南江賢於北江也。近度嶺入清遠峽，水色如碧玉，味益勝。今游羅浮，酌泰禪師錫杖泉，則清遠峽水又在其下矣。嶺外唯惠人喜鬬茶，此水不虚出也。紹聖元年九月二十六日書。

書天慶觀壁

東坡飲酒此室，進士許毅甫自五羊來，邂逅一杯而别。

題羅浮

紹聖元年九月二十七日，東坡公遷于惠州，艤舟泊頭鎮。明晨，肩輿十五里至羅浮山，入延祥寶積寺，禮天竺瑞像。飲梁僧景泰禪師卓錫泉，品其味，出江水上遠甚。東三里至長壽觀，又東北三里至冲虚觀。觀有葛稚川丹竈，登朱仙者朝斗壇，觀壇上所獲銅龍六，魚一。壇北有洞，曰朱明，榛莽不可入。水出洞中，鏘鳴如琴筑。水中皆菖蒲生石上。道士鄧守安、李道玄，有道者也，訪之適出。坐遺履軒，望麻姑峰，方飲酒，進士許毅來游，呼與飲。既醉，還宿寶積中閣。夜大風，山燒壯甚有聲。晨粥已，還舟憇花光寺。從游者，幼子過、巡檢史珏、寶積長老齊德、延祥長老紹冲、冲虚道士陳熙明。山中可游而未暇者明福宫、石樓、黄龍洞，期以明年三月復來。

記游白水岩

紹聖元年十二月，與幼子過游白水山佛跡院，浴於湯池。熱甚，其源殆可以熟物。循山而東，少北有懸水百仞，山八九折，折處輒爲潭。深者縋石五丈不得其所止，雪濺雷怒，可喜可畏。水涯有巨人跡數十，所謂佛跡也。暮歸，倒行，觀山燒壯甚。俯仰度數谷。至江上月出，繫栰中流，掬弄珠璧，到家二鼓矣。復與過飲酒，食餘甘，煮菜，顧影頹然，不復能寐，書以付過。

記與舟師夜坐

紹聖二年正月初五日，與成都舟闍黎夜坐，飢甚，家人煮雞腸菜羹，甚美。緣是與舟談不二法，舟請記之。其語則不可記，非不可記，蓋不暇記也。

題白水山

紹聖二年三月四日，詹使君邀予游白水山佛迹寺，浴于湯泉，風于懸瀑之下。登中嶺，望瀑所從出。出山，肩輿節行觀山，且與客語。晚休于荔浦之上，曳杖竹陰之下。時荔子纍纍如芡實矣。父老指以告予曰：「是可食，公能攜酒復來？」意欣然許之。同游者柯常、林抃、王原、賴仙芝。詹使君名範，予蓋蘇軾也。

題嘉祐寺壁

紹聖元年十月二日，軾始至惠州，寓居嘉祐寺松風亭。杖履所及，鷄犬皆相識。明年三月遷于合江之行館，得江樓廓徹之觀，而失幽深窈窕之趣，未見所欣戚也。嶠南嶺北亦何以異此？虔州鶴田處士王原子直，不遠千里訪予於此，留七十日而去，東坡居士書。

記游松風亭

余嘗寓居惠州嘉祐寺，縱步松風亭下，足力疲乏，思欲就床止息。仰望亭宇，尚在木末，意謂如何得是？良久忽曰：「此間有甚麼歇不得處？」由是心若掛鉤之魚，忽得解脱。若人悟此，雖兩陣相接，鼓聲如雷霆，進則死敵，退則死法。當恁麼時也，不妨熟歇。

記朝斗

紹聖二年五月望日，敬造真一法酒成，請羅浮道士鄧守安拜莫北斗真君。將奠，雨作，已而清風肅然，雲氣解駁，月星皆現，魁杓明爽。徹奠，陰雨如初。謹拜手稽首而記其事，東坡居士蘇軾書。

題棲禪院

紹聖三年八月六日夜，風雨裹視院東南有巨人跡五。是月九日，蘇軾與男過來觀。

題合江樓

青天孤月，故是人間一快。而或者乃云，不如微雲點綴。乃是居心不淨者，常欲滓穢太清。合江樓下，秋碧浮空，光搖几席之上，而有葵苦敗屋七八間，橫斜砌下。今歲大水再至，居者奔避不暇，豈無寸土可遷？而乃眷眷不去，常爲人眼中沙乎？紹聖二年九月五日。

名容安亭

陶靖節云：「倚南窗以寄傲，審容膝之易安。」故常欲作小亭以名之。丙子十二月二十一日。

書北極靈籤

東坡居士遷于海南，憂患不已。戊寅九月晦，游天慶觀，謁北極真聖，探靈籤以決餘生之禍福吉凶。其詞曰：「道以信爲合，法以智爲先。三者不相離，壽命已得延。」覽之悚然，若有所得。敬書而藏之，以無忘信道、法智二者不相離之意。古之真人未有不以信入者。子思曰：「自誠而明謂之性。」此之謂也。孟子曰：「執中無權，猶執一也。」守法而不智，則天下之死法也。道不患不知，患不疑。法不患不立，患不活。以信合道則道疑，以智先法則法活。道疑而法活，雖度世可也，況乃延壽命乎。

書　筮

戊寅九月十五日，以久不得子由書，憂不去心，以《周易》筮之，遇「涣」之內三爻，初六變爲「中孚」。其繇曰：「用拯馬壯吉。」「中孚」之九二變爲「益」，其繇曰：「鳴鶴在陰，其子和之。我有好爵，吾與爾靡之。」「益」之六三變爲「家人」，其繇曰：「益之用，凶事，有咎。有孚中行，告公用圭。」「家人」之繇曰：「家人利女貞。」

又曰：「風自火出，家人，君子以言有物，而行有恒。」吾考此卦極精詳，口以授過，又書而藏之。

書謗

吾昔謫居黃州，曾子固居憂臨川，死焉。人有妄傳吾與子固同日化去，如李賀長吉死時事，以上帝召也。時先帝亦聞其語，以問蜀人蒲宗孟，且有歎息語。今謫海南，又有傳吾得道，乘小舟入海不復返者。京師皆云，兒子書言之。今日有從廣州來者，云：「太守何述言，吾在儋耳，一日忽失去，獨道服在耳。蓋上賓也。」吾平生遭口語無數，蓋生時與韓退之相似。吾命宮在斗牛間，而身宮亦在焉。故其詩曰：「我生之辰，月宿南斗。」且曰：「無善名以聞，無惡聲以揚。」今謗吾者或云死，或云仙。退之之言，良非虛耳。

書海南風土

嶺南天氣卑濕，地氣蒸溽，而海南爲甚。夏秋之交，物無不腐壞者。人非金石，其何能久？然儋耳頗有老人，年百餘歲者往往而是，八九十者不論也。乃知壽夭無定，習而安之，則冰蠶火鼠皆可以生。吾嘗湛然無思，寓此覺於物表，使折膠之寒無所施其冽，流金之暑無所措其毒，百餘歲豈足道哉？彼愚老人者，初不知此，如蠶鼠生於其中，兀然受之而已。一呼之溫，一吸之涼，相續無有間斷，雖長生可也。莊子曰：「天之穿之，日夜無隙。人則顧塞其竇。」豈不然哉？九月二十七日，秋霖雨不止，顧視幃帳，有白蟻升餘，皆已腐爛，感歎不已，信手書。時戊寅歲也。

書上元夜游

己卯上元，予在儋州，有老書生數人來過，曰：「良月嘉夜，先生能一出乎？」予欣然從之，步西城入僧舍，歷小巷，民夷雜揉，屠沽紛然，歸舍已三鼓矣。舍中掩關熟睡，已再鼾矣。放杖而笑，孰爲得失？過問先生何笑？蓋自笑也。然亦笑韓退之釣魚無得，更欲遠去，不知走海者未必得大魚也。

書城北放魚

儋耳魚者漁于城南之陂，得鯽二十一尾，求售於東坡居士。坐客皆欣然欲買放之，乃以木盎養魚，舁至城北淪江之陰，吴氏之居，浣沙石之下放之。時吴氏館客陳宗道爲舉《金光明經》，流水長者因緣説法，念佛以度是魚，曰：「無明緣行，行緣識，識緣名色，名色緣六入，六入緣觸，觸緣受，受緣愛，愛緣取，取緣有，有緣生，生緣老死。憂悲苦惱，南無寶勝如來。」爾時宗道説法念佛已，其魚皆隨波赴谷，衆會歎喜，作禮而退。會者六人，吴氏之老劉某、南海符某、儋耳何旻、潮陽王介石、温陵王懿、許琦，舁者二人，吉童、奴九。元符二年三月丙寅書。

書贈劉浙僧

到杭一游龍井，謁辯才遺像，仍持密雲團爲獻龍井。孤山下有石室，室前有六一泉，白而甘，當往一酌。湖上壽星院竹極偉，其傍智果院有參寥泉及新泉，皆甘冷異常，當特往一酌。仍尋參寥子妙總師之遺迹，見穎沙彌，亦當致意。靈隱寺後高峰塔，一上五里，上有僧，不下三十餘年矣，不知今在否，亦可一往。元符二年五月十六日。東坡居士書。

書合浦舟行

予自海康適合浦，遭連日大雨，橋梁盡壞，水無津涯。自興廉村淨行院下乘小舟至官寨，聞自此以西皆漲水，無復橋船，或勸乘蜒舟，竝海即白石。是日六月晦無月，碇宿大海中，天水相接，疎星滿天，起坐四顧太息，吾何數乘此險也，已濟徐聞，復厄於此乎？過子在傍鼾睡，呼不應。所撰《易》、《書》、《論語》皆以自隨，世未有本。撫之而歎曰：「天未喪斯文，吾輩必濟。」已而果然。

題廉州清樂軒

浮屠不三宿桑下，東坡蓋三宿此矣。去後仲修使君當復念我耶？庚辰八月二十四日題。

書臨皋亭

東坡居士酒醉飯飽，倚于几上，白雲左繞，清江右洄，重門洞開，林巒坌入。當是時，若有思而無所思，以受萬物之備，慚愧慚愧。

夢南軒

元祐八年八月十一日，將朝尚早，假寐。夢歸穀行宅，遍歷蔬園中，已而坐於南軒，見莊客數人方運土塞小池，土中得兩蘆菔根，客喜食之。予取筆作一篇文，有數句云：「坐於南軒，對修竹數百，野鳥數千。」既覺惘然思之。南軒，先君名之曰來風者也。

天華宫

天華宫在羅浮山之西，蘇軾曰，南漢主建有甘露、羽蓋等亭，雲華閣，命中書舍人鍾有章作記。初南漢主夢神人，指羅浮山之西去延祥寺西北有兩峰相叠，一洞對流，可以爲宫。訪之得其地。又夢金龍起於宫所，遂改爲黄龍洞。此地即葛仙西菴。至宋朝革命，四方僭叛，以次誅服。劉氏懼焉，將欲潛遁羅浮，爲狡兔之穴。又命於增江水口，鑿濠通山，往來山峒，倉卒爲航舟之計。開寶四年，乃始歸命。則知劉氏爲寶宫於山間，無事則爲臨賞之樂，警急則爲逋逃之所，其計窘矣。

名西閣

元豐三月冬至，過山陽，登西閣，時景繁出巡未歸。軾方乞歸常州，得請，春中方當復過此。故有閣欲名，思之未有佳者。蔡廓，謨之子也。晋宋間第一流，輒以似公家，不知可否。

書贈古氏

古氏南坡修竹數千竿，大者皆七寸圍，盛夏不見日。蟬鳴鳥呼，有山谷氣象。竹林之西又有隙地數畝，種桃李雜花。今年秋冬，當作三間一龜頭，取雪堂規模，東蔭修竹，西眺江山。若果成此，遂爲一郡之嘉觀也。

元祐大家，世稱蘇、黄二老，二老亦互相推重。魯直云：「東坡文字言語，歷劫贊揚，有不能盡。」東坡云：「讀魯直詩，如見魯仲連、李太白，不敢復論鄙事。」略不啟爭名見妒之端，令人有不逮古人之慨。但同時品題，尤推東坡。如韓子蒼云：「東坡作文如天花變現，初無根葉，不可揣測。」洪覺範云：「東坡蓋五祖戒禪師後身，其文俱從般若部中來。自孟軻、左丘明、太史公後，一人而已。」凡人物書畫，一經二老題跋，非雷非霆，而千載震驚，似乎莫可伯仲。吾朝王弇州先生又云：「黄豫章遜雋。」此亦射較一鏃，奕角一著，持論得毋太苛邪？海隅毛晋識。

附録

蘇軾傳 《宋史》列传第九十七

蘇軾，字子瞻，眉州眉山人。生十年，父洵遊學四方，母程氏親授以書，聞古今成敗，輒能語其要。程氏讀東漢《范滂傳》，慨然太息，軾請曰：「軾若爲滂，母許之否乎？」程氏曰：「汝能爲滂，吾顧不能爲滂母邪？」

比冠，博通經史，屬文日數千言，好賈誼、陸贄書。既而讀《莊子》，歎曰：「吾昔有見，口未能言，今見是書，得吾心矣。」嘉祐二年，試禮部。方時文磔裂詭異之弊勝，主司歐陽修思有以救之，得軾《刑賞忠厚論》，驚喜，欲擢冠多士，猶疑其客曾鞏所爲，但置第二。復以《春秋》對義居第一，殿試中乙科。後以書見修，修語梅聖俞曰：「吾當避此人出一頭地。」聞者始嘩不厭，久乃信服。

丁母憂。五年，調福昌主簿。歐陽修以才識兼茂，薦之秘閣。試六論，舊不起草，以故文多不工。軾始具草，文義粲然。復對制策，入三等。自宋初以來，制策入三等，惟吳育與軾而已。

除大理評事、簽書鳳翔府叛官。關中自元昊叛，民貧役重，岐下歲輸南山木筏，自渭入河，經砥柱之險，衙吏踵破家。軾訪其利害，爲修衙規，使自擇水工以時進止，自是害減半。

治平二年，入判登聞鼓院。英宗自藩邸聞其名，欲以唐故事召入翰林，知制誥。宰相韓琦曰：「軾之才，遠大器也，他日自當爲天下用。要在朝廷培養之，使天下之士莫不畏慕降伏，皆欲朝廷進用，然後取而用之，則人人無復異辭矣。今驟用之，則天下之士未必以爲然，適足以累之也。」英宗曰：「且與修注如何？」琦曰：「記注與制誥爲鄰，未可遽授。不若於館閣中近上貼職與之，且請召試。」英宗曰「試之未知其能否，如軾有不能邪？」琦猶不可，及試二論，復入三等，得直史館。軾聞琦語，曰「公可謂愛人以德矣。」

會洵卒，賻以金帛，辭之，求贈一官，於是贈光禄丞。洵將終，以兄太白早亡，子孫未立，妹嫁杜氏，卒未葬，屬軾。軾既除喪，即葬姑。後官可蔭，推與太白曾孫彭。

熙寧二年，還朝。王安石執政，素惡其議論異己，以判官告院。四年，安石欲變科舉、興學校，詔兩制、三館議。軾上議曰「得人之道，在於知人，知人之法，在於責實。使君相有知人之明，朝廷有責實之政，則胥史皂隸未嘗無人，而況於學校貢舉乎？雖因今之法，臣以爲有餘。使君相不知人，朝廷不責實，則公卿侍從常患無人，而況學校貢舉乎？雖復古之制，臣以爲不足。夫時有可否，物有廢興，方其所安，雖暴君不能廢，及其既厭，雖聖人不能復。故風俗之變，法制隨之，譬如江河之徙移，强而復之，則難爲力。

「慶曆固嘗立學矣，至於今日，惟有空名僅存。今將變今之禮，易今之俗，又當發民力以治宫室，斂民財以食遊士。百里之内，置官立師，獄訟聽於是，軍旅謀於是，又簡不率教者屏之遠方，則無乃徒爲紛亂，以患苦天下邪？若乃無大更革，而望有益於時，則與慶曆之際何異？故臣謂今之學校，特可因仍舊制，使先王之舊物，不廢於吾世足矣。至於貢舉之法，行之百年，治亂盛衰，初不由此。陛下視祖宗之世，貢舉之法，與今爲孰精？言語文章，與今爲孰優？所得人才，與今爲孰多？天下之事，與今爲孰辦？較此四者之長短，其議決矣。

「今所欲變改不過數端或曰鄉舉德行而略文詞，或曰專取策論而罷詩賦，或欲兼采譽望而罷封彌，或欲經生不帖墨而考大義，此皆知其一，不知其二者也。願陛下留意於遠者、大者，區區之法何預焉。臣又切有私憂過計者。夫性命之説，自子貢不得聞，而今之學者，恥不言性命，讀其文，浩然無當而不可窮，觀其貌，超然無著而不可挹，此豈真能然哉。蓋中人之性，安於放而樂於誕耳。陛下亦安用之？」

議上，神宗悟曰「吾固疑此，得軾議，意釋然矣。」即日召見，問「方今政令得失安在？雖朕過失，指陳可也。」對曰「陛下生知之性，天縱文武，不患不明，不患不勤，不患不斷，但患求治太急，聽言太廣，進人太鋭。願鎮以安靜，待物之來，然後應之。」神宗悚然曰「卿三言，朕當熟思之。凡在館閣，皆當爲朕深思治亂，無有所隱。」軾退，言於同列。安石不悦，命權開封府推官，將困之以事。軾決斷精敏，聲聞益遠。會上元敕府市浙燈，且令損價。軾疏言「陛下豈以燈爲悦？此不過以奉二宮之歡耳。然百姓不可户曉，皆謂以耳目不急之玩，奪其口體必用之資。此事至小，體則甚大，願追還前命。」即詔罷之。

時安石創行新法，軾上書論其不便，曰：「臣之所欲言者，三言而已。願陛下結人心，厚風俗，存紀綱。人主之所恃者人心而已，如木之有根，燈之有膏，魚之有水，農夫之有田，商賈之有財。失之則亡，此理之必然也。自古及今，未有和易同衆而不安，剛果自用而不危者。陛下亦知人心之不悦矣。

「祖宗以來，治財用者不過三司。今陛下不以財用付三司，無故又創制置三司條例一司，使六七少年，日夜講求於内，使者四十余輩，分行營幹於外。夫制置三司條例司，求利之名也；六七少年與使者四十余輩，求利之器也。造端宏大，民實驚疑；創法新奇，吏皆惶惑。以萬乘之主而言利，以天子之宰而治財，論説百端，喧傳萬口，然而莫之顧者，徒曰：『我無其事，何恤於人言。』操網罟而入江湖，語人曰『我非漁也』，不如捐網罟而人自信。驅鷹犬而赴林藪，語人曰『我非獵也』，不如放鷹犬而獸自馴。故臣以爲欲消讒慝而召和氣，則莫若罷條例司。

「今君臣宵旰，幾一年矣，而富國之功，茫如捕風，徒聞内帑出數百萬緡，祠部度五千餘人耳。以此爲術，其誰不能？而所行之事，道路皆知其難。汴水濁流，自生民以來，不以種稻。今欲陂而清之，萬頃之稻，必用千頃之陂，一歲一淤，三歲而滿矣。陛下遂信其説，即使相視地形，所在鑿空，訪尋水利，妄庸輕剽，率意爭言。官司雖知其疏，不敢便行抑退，追集老少，相視可否。若非灼然難行，必須且爲興役。官吏苟且順從，真謂陛下有意興作，上糜帑廩，下奪農時。堤防一開，水失故道，雖食議者之肉，何補於民。臣不知朝廷何苦而爲此哉？

「自古役人，必用鄉户。今者徒聞江、浙之間，數郡顧役，而欲措之天下。單丁、女户，蓋天民之窮者也，而陛下首欲役之，富有四海，忍不加恤。自楊炎爲兩税，租調與庸既兼之矣，奈何復欲取庸？萬一後世不幸有聚斂之臣，庸錢不除，差役仍舊，推所從來，則必有任其咎者矣。青苗放錢，自昔有禁。今陛下始立成法，每歲常行。雖云不許抑配，而數世之後，暴君汙吏，陛下能保之與？計願請之户，必皆孤貧不濟之人，鞭撻已急，則繼之逃亡，不還，則均及鄰保，勢有必至，異日天下恨之，國史記之，曰『青苗錢自陛下始』，豈不惜哉。且常平之法，可謂至矣。今欲變爲青苗，壞彼成此，所喪逾多，虧官害民，雖悔何及。

「昔漢武帝以財力匱竭，用賈人桑羊之説，買賤賣貴，謂之均輸。於時商賈不行，盜賊滋熾，幾至於亂。孝昭既立，霍光順民所欲而予之，天下歸心，遂以無事。不意今日此論復興。立法之初，其費已厚，縱使薄有所獲，而徵商之額，所損必多。

譬之有人爲其主畜牧，以一牛易五羊。一牛之失，則隱而不言；五羊之獲，則指爲勞績。今壞常平而言青苗之功，虧商税而取均輸之利，何以異此？臣竊以爲過矣。議者必謂：『民可與樂成，難與慮始。』故陛下堅執不顧，期於必行。此乃戰國貪功之人，行險僥倖之説，未及樂成，而怨已起矣。臣之所願陛下結人心者，此也。

「國家之所以存亡者，在道德之淺深，不在乎强與弱；曆數之所以長短者，在風俗之薄厚，不在乎富與貧。人主知此，則知所輕重矣。故臣願陛下務崇道德而厚風俗，不願陛下急於有功而貪富强。愛惜風俗，如護元氣。聖人非不知深刻之法可以齊衆，勇悍之夫可以集事，忠厚近於迂闊，老成初若遲鈍。然終不肯以彼易此者，知其所得小，而所喪大也。仁祖持法至寬，用人有敘，專務掩覆過失，未嘗輕改舊章。考其成功，則曰未至。以言乎用兵，則十出而九敗；以言乎府庫，則僅足而無餘。徒以德澤在人，風俗知義，故升遐之日，天下歸仁焉。議者見其末年吏多因循，事不振舉，乃欲矯之以苛察，齊之以智能，招來新進勇鋭之人，以圖一切速成之效。未享其利，澆風已成。多開驟進之門，使有意外之得，公卿侍從跬步可圖，俾常調之人舉生非望，欲望風俗之厚，豈可得哉？近歲樸拙之人愈少，巧進之士益多。惟陛下哀之救之，以簡易爲法，以清淨爲心，而民德歸厚。臣之所願陛下厚風俗者，此也。

「祖宗委任台諫，未嘗罪一言者。縱有薄責，旋即超升，許以風聞，而無官長。言及乘輿，則天子改容；事關廊廟，則宰相待罪。台諫固未必皆賢，所言亦未必皆是。然須養其鋭氣，而借之重權者，豈徒然哉？將以折奸臣之萌也。今法令嚴密，朝廷清明，所謂奸臣，萬無此理。然養貓以去鼠，不可以無鼠而養不捕之貓；畜狗以防盜，不可以無盜而畜不吠之狗。陛下得不上念祖宗設此官之意，下爲子孫萬世之防？臣聞長老之談，皆謂台諫所言，常隨天下公議。公議所與，台諫亦與之；公議所擊，台諫亦擊之。今者物論沸騰，怨讟交至，公議所在，亦知之矣。臣恐自兹以往，習慣成風，盡爲執政私人，以致人主孤立，紀綱一廢，何事不生！臣之所願陛下存紀綱者，此也。」

軾見安石贊神宗以獨斷專任，因試進士發策，以「晋武平吴以獨斷而克，苻堅伐晋以獨斷而亡，齊桓專任管仲而霸，燕噲專任子之而敗，事同而功異」爲問，安石滋怒，使御史謝景温論奏其過，窮治無所得，軾遂請外，通判杭州。高麗入貢，使者發幣於官吏，書稱甲子。軾却之曰：「高麗於本朝稱臣，而不禀正朔，吾安敢受！」使者易書稱熙寧，然後受之。

時新政日下，軾於其間，每因法以便民，民賴以安。徙知密州。司農行手實法，不時施行者以違制論。軾謂提舉官曰：「違制之坐，若自朝廷，誰敢不從？今出於司農，是擅造律也。」提舉官驚曰：「公姑徐之。」未幾，朝廷知法害民，罷之。

有盜竊發，安撫司遣三班使臣領悍卒來捕，卒兇暴恣行，至以禁物誣民，入其家爭鬥殺人，且畏罪驚潰，將爲亂。民奔訴軾，軾投其書不視，曰：「必不至此。」散卒聞之，少安，徐使人招出戮之。徙知徐州。河決曹村，泛於梁山泊，溢於南清河，匯於城下，漲不時泄，城將敗，富民爭出避水。軾曰：「富民出，民皆動摇，吾誰與守？吾在是，水決不能敗城。」驅使復入。軾詣武衛營，呼卒長曰：「河將害城，事急矣，雖禁軍且爲我盡力。」卒長曰：「太守猶不避塗潦，吾儕小人，當效命。」率其徒持畚鍤以出，築東南長堤，首起戲馬臺，尾屬於城。雨日夜不止，城不沉者三版。軾廬於其上，過家不入，使官吏分堵以守，卒全其城。復請調來歲夫增築故城，爲木岸，以虞水之再至。朝廷從之。

徙知湖州，上表以謝。又以事不便民者不敢言，以詩托諷，庶有補于國。御史李定、舒亶、何正臣摭其表語，并媒孽所爲詩以爲訕謗，逮赴台獄，欲置之死，鍛煉久之不決。神宗獨憐之，以黄州團練副使安置。軾與田父野老，相從溪山間，築室於東坡，自號「東坡居士」。

三年，神宗數有意復用，輒爲當路者沮之。神宗嘗語宰相王珪、蔡確曰：「國史至重，可命蘇軾成之。」珪有難色。神宗曰：「軾不可，姑用曾鞏。」鞏進《太祖總論》，神宗意不允，遂手札移軾汝州，有曰：「蘇軾黜居思咎，閲歲滋深，人材實難，不忍終棄。」軾未至汝，上書自言飢寒，有田在常，願得居之。朝奏入，夕報可。

道過金陵，見王安石，曰：「大兵大獄，漢、唐滅亡之兆。祖宗以仁厚治天下，正欲革此。今西方用兵，連年不解，東南數起大獄，公獨無一言以救之乎？」安石曰：「二事皆惠卿啟之，安石在外，安敢言？」軾曰：「在朝則言，在外則不言，事君之常禮耳。上所以待公者，非常禮，公所以待上者，豈可以常禮乎？」安石厲聲曰：「安石須説。」又曰：「出在安石口，入在子瞻耳。」又曰：「人須是知行一不義，殺一不辜，得天下弗爲，乃可。」軾戲曰：「今之君子，爭減半年磨勘，雖殺人亦爲之。」安石笑而不言。

至常，神宗崩，哲宗立，復朝奉郎、知登州，召爲禮部郎中。軾舊善司馬光、章敦。時光爲門下侍郎，敦知樞密院，二人不相合，敦每以謔侮困光，光苦之。軾謂敦曰：「司馬君卽時望甚重。昔許靖以虛名無實，見鄙於蜀先主，法正曰：『靖之浮譽，播流四海，若不加禮，必以賤賢爲累。』先主納之，乃以靖爲司徒。許靖且不可慢，況君實乎？」敦以爲然，光賴以少安。

遷起居舍人。軾起於憂患，不欲驟履要地，辭於宰相蔡確。確曰：「公徊翔久矣，朝中無出公右者。」軾曰：「昔林希同在館中，年且長。」確曰：「希固當先公耶？」卒不許。元佑元年，軾以七品服入侍延和，卽賜銀緋，遷中書舍人。

初，祖宗時，差役行久生弊，編户充役者不習其役，又虐使之，多致破産，狹鄉民至有終歲不得息者。王安石相神宗，改爲免役，使户差高下出錢雇役，行法者過取，以爲民病。司馬光爲相，知免役之害，不知其利，欲復差役，差官置局，軾與其選。軾曰：「差役、免役，各有利害。免役之害，掊斂民財，十室九空，斂聚於上而下有錢荒之患。差役之害，民常在官，不得專力於農，而貪吏猾胥得緣爲奸。此二害輕重，蓋略等矣。」光曰：「於君何如？」軾曰：「法相因則事易成，事有漸則民不驚。三代之法，兵農爲一，至秦始分爲二，及唐中葉，盡變府兵爲長徵之卒。自爾以來，民不知兵，兵不知農，農出穀帛以養兵，兵出性命以衛農，天下便之。雖聖人復起，不能易也。今免役之法，實大類此。公欲驟罷免役而行差役，正如罷長征而復民兵，蓋未易也。」光不以爲然。軾又陳於政事堂，光忿然。軾曰：「昔韓魏公刺陝西義勇，公爲諫官，爭之甚力，韓公不樂，公亦不顧。軾昔聞公道其詳，豈今日作相，不許軾盡言耶？」光笑之。尋除翰林學士。

二年，兼侍讀。每進讀至治亂興衰、邪正得失之際，未嘗不反復開導，覬有所啟悟。哲宗雖恭默不言，輒首肯之。嘗讀祖宗《寶訓》，因及時事，軾歷言：「今賞罰不明，善惡無所勸沮；又黄河勢方北流，而强之使東；夏人入鎮戎，殺掠數萬人，帥臣不以聞。每事如此，恐浸成衰亂之漸。」

軾嘗鎖宿禁中，召入對便殿，宣仁後問曰：「卿前年爲何官？」曰：「臣爲常州團練副使。」曰：「今爲何官？」曰：「臣今待罪翰林學士。」曰：「何以遽至此？」曰：「遭遇太皇太后、皇帝陛下。」曰：「非也。」曰：「豈大臣論薦乎？」曰：「亦非也。」軾驚曰：「臣雖無狀，不敢自他途以進。」曰：「此先帝意也。先帝每誦卿文章，必歎曰

『奇才，奇才！』，但未及進用卿耳。」軾不覺哭失聲，宣仁後與哲宗亦泣，左右皆感涕。已而命坐賜茶，徹御前金蓮燭送歸院。

三年，權知禮部貢舉。會大雪苦寒，士坐庭中，噤未能言。軾寬其禁約，使得盡技。巡鋪内侍每摧辱舉子，且持暖昧單詞，誣以爲罪，軾盡奏逐之。

四年，積以論事，爲當軸者所恨。軾恐不見容，請外，拜龍圖閣學士、知杭州。未行，諫官言前相蔡確知安州，作詩借郝處俊事以譏太皇太后。大臣議遷之嶺南。軾密疏：「朝廷若薄確之罪，則於皇帝孝治爲不足；若深罪確，則於太皇太后仁政爲小累。謂宜皇帝敕置獄逮治，太皇太后出手詔赦之，則於仁孝兩得矣。」宣仁后心善軾言而不能用。軾出郊，用前執政恩例，遣内侍賜龍茶、銀合，慰勞甚厚。

既至杭，大旱，饑疫并作。軾請於朝，免本路上供米三之一，復得賜度僧牒，易米以救饑者。明年春，又減價糶常平米，多作饘粥藥劑，遣使挾醫分坊治病，活者甚衆。軾曰：「杭，水陸之會，疫死比他處常多。」乃裒羡緡得二千，復發橐中黄金五十兩，以作病坊，稍蓄錢糧待之。

杭本近海，地泉咸苦，居民稀少。唐刺史李泌始引西湖水作六井，民足於水。白居易又浚西湖水入漕河，自河入田，所溉至千頃，民以殷富。湖水多葑，自唐及錢氏，歲輒浚治，宋興，廢之，葑積爲田，水無幾矣。漕河失利，取給江潮，舟行市中，潮又多淤，三年一淘，爲民大患，六井亦幾於廢。軾見茅山一河專受江潮，鹽橋一河專受湖水，遂浚二河以通漕。復造堰閘，以爲湖水畜泄之限，江潮不復入市。以餘力復完六井，又取葑田積湖中，南北徑三十里，爲長堤以通行者。吴人種菱，春輒芟除，不遺寸草。且募人種菱湖中，葑不復生。收其利以備修湖，取救荒余錢萬緡、糧萬石，及請得百僧度牒以募役者。堤成，植芙蓉、楊柳其上，望之如畫圖，杭人名爲「蘇公堤」。

杭僧淨源，舊居海濱，與舶客交通，舶至高麗，交譽之。元豐末，其王子義天來朝，因往拜焉。至是，淨源死，其徒竊持其像，附舶往告。義天亦使其徒來祭，因持其國母二金塔，云祝兩宫壽。軾不納，奏之曰：「高麗久不入貢，失賜予厚利，意欲求朝，未測吾所以待之厚薄，故因祭亡僧而行祝壽之禮。若受而不答，將生怨心；受而厚賜之，正墮其計。今宜勿與知，從州郡自以理却之。彼庸僧猾商，爲國生事，漸不可長，宜痛加懲創。」朝廷皆從之。未幾，貢使果至，舊例，使所至吴越七州，費二萬四千餘緡。軾乃令諸州量事裁損，民獲交易之利，無復侵撓之害矣。

浙江潮自海門東來，勢如雷霆，而浮山峙於江中，與漁浦諸山犬牙相錯，洄洑激射，歲敗公私船不可勝計。軾議自浙江上流地名石門，并山而東，鑿爲漕河，引浙江及溪谷諸水二十余里以達於江。又并山爲岸，不能十里以達龍山大慈浦，自浦北折抵小嶺，鑿嶺六十五丈以達嶺東古河，浚古河數里達於龍山漕河，以避浮山之險，人以爲便。奏聞，有惡軾者，力沮之，功以故不成。

軾復言：「三吴之水，瀦爲太湖，太湖之水，溢爲松江以入海。海日兩潮，潮濁而江清，潮水常欲淤塞江路，而江水清駛，隨輒滌去，海口常通，則吴中少水患。昔蘇州以東，公私船皆以篙行，無陸挽者。自慶曆以來，松江大築挽路，建長橋以阨塞江路，故今三吴多水，欲鑿挽路，爲十橋，以迅江勢。」亦不果用，人皆以爲恨。軾二十年間再涖杭，有德於民，家有畫像，飲食必祝，又作生祠以報。

六年，召爲吏部尚書，未至。以弟轍除右丞，改翰林承旨。轍辭右丞，欲與兄同備從官，不聽。軾在翰林數月，復以讒請外，乃以龍圖閣學士出知潁州。先是，開封諸縣多水患，吏不究本末，決其陂澤，注之惠民河，河不能勝，致陳亦多水。又將鑿鄧艾溝與潁河并，且鑿黃堆欲注之於淮。軾始至潁，遣吏以水平準之，淮之漲水高於新溝幾一丈，若鑿黃堆，淮水顧流潁地爲患。軾言於朝，從之。

郡有宿賊尹遇等，數劫殺人，又殺捕盜吏兵。朝廷以名捕不獲，被殺家復懼其害，匿不敢言。軾召汝陰尉李直方曰：「君能擒此，當力言於朝，乞行優賞；不獲，亦以不職奏免君矣。」直方有母且老，與母訣而後行。乃緝知盜所，分捕其黨與，手戟刺遇，獲之。朝廷以小不應格，推賞不及。軾請以己之年勞，當改朝散郎階，爲直方賞，不從。其後吏部爲軾當遷，以符會其考，軾謂已許直方，又不報。

七年，徙揚州。舊發運司主東南漕法，聽操舟者私載物貨，徵商不得留難。故操舟者輒富厚，以官舟爲家，補其敝漏，且周船夫之乏，故所載率皆速達無虞。近歲一切禁而不許，故舟弊人困，多盜所載以濟饑寒，公私皆病。軾請復舊，從之。未閱歲，以兵部尚書召兼侍讀。

是歲，哲宗親祀南郊，軾爲鹵簿使，導駕入太廟。有赭傘犢車并青蓋犢車十餘爭道，不避儀仗。軾使御營巡檢使問之，乃皇后及大長公主。時御史中丞李之純爲儀仗使，軾曰：「中丞職當肅政，不可不以聞之。」純不敢言，軾於車中奏之。哲宗遣使繼疏馳白太皇太后，明日，詔整肅儀衛，自皇后而下皆毋得迎謁。尋遷禮部兼端明殿、翰林侍讀兩學士，爲禮部尚書。高麗遣使請書，朝廷以故事盡許之。軾曰：「漢東平王請諸子及《太史公書》，猶不肯予。今高麗所請，有甚於此，其可予乎？」不聽。

八年，宣仁後崩，哲宗親政。軾乞補外，以兩學士出知定州。時國事將變，軾不得入辭。既行，上書言：「天下治亂，出於下情之通塞。至治之極，小民皆能自通；迨於大亂，雖近臣不能自達。陛下臨御九年，除執政、台諫外，未嘗與群臣接。今聽政之初，當以通下情、除壅蔽爲急務。臣日侍帷幄，方當戍邊，顧不得一見而行，況疏遠小臣欲求自通，難矣。然臣不敢以不得對之故，不效愚忠。古之聖人將有爲也，必先處晦而觀明，處靜而觀動，則萬物之情，畢陳於前。陛下聖智絶人，春秋鼎盛。臣願虛心循理，一切未有所爲，默觀庶事之利害，與群臣之邪正。以三年爲期，俟得其實，然後應物而作。使既作之後，天下無恨，陛下亦無悔。由此觀之，陛下之有爲，惟憂太蚤，不患稍遲，亦已明矣。臣恐急進好利之臣，輒勸陛下輕有改變，故進此說，敢望陛下留神，社稷宗廟之福，天下幸甚。」

定州軍政壞馳，諸衛卒驕惰不教，軍校蠹食其廩賜，前守不敢誰何。軾取貪污者配隸遠惡，繕修營房，禁止飲博，軍中衣食稍足，乃部勒戰法，衆皆畏伏。然諸校業業不安，有卒史以贓訴其長，軾曰：『此事吾自治則可，聽汝告，軍中亂矣。』立決配之，衆乃定。會春大閲，將吏久廢上下之分，軾命舉舊典，帥常服出帳中，將吏戎服執事。副總管王光祖自謂老將，恥之，稱疾不至。軾召書吏使爲奏，光祖懼而出，訖事，無一慢者。定人言：『自韓琦去後，不見此禮至今矣。』契丹久和，邊兵不可用，惟沿邊弓箭社與寇爲鄰，以戰射自衛，猶號精鋭。故相龐籍守邊，因俗立法。歲久法弛，又爲保甲所撓。軾奏免保甲及兩税折變科配，不報。

紹聖初，御史論軾掌内外制日，所作詞命，以爲譏斥先朝。遂以本官知英州，尋降一官，未至，貶寧遠軍節度副使，惠州安置。居三年，泊然無所蔕芥，人無賢愚，皆得其歡心。又貶瓊州别駕，居昌化。昌化，故儋耳地，非人所居，藥餌皆無有。初僦官屋以居，有司猶謂不可，軾遂買地築室，儋人運甓畚土以助之。獨與幼子過處，著書以爲樂，時時從其父老遊，若將終身。

徽宗立，移廉州，改舒州團練副使，徙永州。更三大赦，遂提舉玉局觀，復朝奉郎。軾自元佑以來，未嘗以歲課乞遷，故官止於此。建中靖國元年，卒於常州，年六十六。

軾與弟轍，師父洵爲文，既而得之於天。嘗自謂：「作文如行雲流水，初無定質，但常行於所當行，止於所不可不止。」雖嬉笑怒駡之辭，皆可書而誦之。其體渾涵光芒，雄視百代，有文章以來，蓋亦鮮矣。洵晚讀《易》，作《易傳》未究，命軾述其志。軾成《易傳》，復作《論語説》；後居海南，作《書傳》；又有《東坡集》四十卷、《後集》二十卷、《奏議》十五卷、《内制》十卷、《外制》三卷、《和陶詩》四卷。一時文人如黄庭堅、晁補之、秦觀、張耒、陳師道，舉世未之識，軾待之如朋儔，未嘗以師資自予也。

自爲舉子至出入侍從，必以愛君爲本，忠規讜論，挺挺大節，群臣無出其右。但爲小人忌惡擠排，不使安於朝廷之上。

高宗即位，贈資政殿學士，以其孫符爲禮部尚書。又以其文置左右，讀之終日忘倦，謂爲文章之宗，親製集贊，賜其曾孫嶠。遂崇贈太師，謚文忠。軾三子邁、迨、過，俱善爲文。邁，駕部員外郎。迨，承務郎。

論曰：蘇軾自爲童子時，士有傳石介《慶曆聖德詩》至蜀中者，軾歷舉詩中所言韓、富、杜、范諸賢以問其師。師怪而語之，則曰：「正欲識是諸人耳。」蓋已有頡頏當世賢哲之意。弱冠，父子兄弟至京師，一日而聲名赫然，動於四方。既而登上第，擢詞科，入掌書命，出典方州。器識之閎偉，議論之卓犖，文章之雄雋，政事之精明，四者皆能以特立之志爲之主，而以邁往之氣輔之。故意之所向，言足以達其有猷，行足以遂其有爲。至於禍患之來，節義足以固其有守，皆志與氣所爲也。仁宗初讀軾、轍制策，退而喜曰：「朕今日爲子孫得兩宰相矣。」神宗尤愛其文，宮中讀之，膳進忘食，稱爲天下奇才。二君皆有以知軾，而軾卒不得大用。一歐陽修先識之，其名遂與之齊，豈非軾之所長不可掩抑者，天下之至公也，相不相有命焉。嗚呼，軾不得相，又豈非幸歟。或謂：「軾稍自韜戢，雖不獲柄用，亦當免禍。」雖然，假令軾以是而易其所爲，尚得爲軾哉？

藝　文　叢　刊

第　一　輯

001	王右軍年譜 顔魯公年譜	〔清〕	魯一同 等
002	茶經（外四種）	〔唐〕	陸　羽 等
003	東坡題跋	〔宋〕	蘇　軾
004	山谷題跋	〔宋〕	黄庭堅
005	南宋雜事詩上	〔清〕	厲　鶚 等
006	南宋雜事詩下	〔清〕	厲　鶚 等
007	南宋院畫録	〔清〕	厲　鶚
008	香譜（外一種）	〔宋〕	洪　芻 等
009	洞天清録（外二種）	〔宋〕	趙希鵠 等
010	長物志	〔明〕	文震亨
011	畫禪室隨筆	〔明〕	董其昌
012	花傭月令（外一種）	〔明〕	徐石麒 等
013	飲流齋説瓷（外一種）		許之衡 等
014	丁敬集	〔清〕	丁　敬
015	費丹旭集	〔清〕	費丹旭
016	查士標集	〔清〕	查士標
017	隨園食單補證上	〔清〕	袁　枚 夏曾傳
018	隨園食單補證下	〔清〕	袁　枚 夏曾傳
019	猫苑　猫乘	〔清〕	黄　漢 等
020	竹人録（外一種）	〔清〕	金元鈺 等
021	鞠部叢談校補		羅惇曧 李宣倜 樊增祥
022	春覺齋論畫（外一種）		林　紓